빛의 소멸

손영미 소설집

빛의 소멸

목차

빛의 소멸 / 8

순수의 기억 / 102

코로나 시대의 기적 / 134

평론 / 이오우 / 170

작가의 말 / 200

빛의 소멸

프롤로그

빛은 물체에 닿으면 반사, 굴절, 투과, 흡수, 산란 등의 반응과 함께 에너지를 전달하고 소멸한다. 그러나 빛의 파동으로 인한 파장, 진동이나 울림은 마음에 오래도록 남아 사라지지 않는다.

1.

그즈음 난 서른하나라는 내 나이에 심술이 잔뜩 나 있었다. 서른 안팎의 또래들이 술만 마셨다 하면 악을 쓰며 불러대는 '서른 즈음에'를 들으면 멀미가 날 정도였다. 게다가 잔치 한 번 제대로 펼쳐보지도 못했는데, 이미 잔치는 끝났다며 문을 걸어 잠근 시인도 있어서 몹시 억울했다.

난 애꿎은 허공을 향해 헛발질을 날리고 화수분처럼 영원할 것 같은 젊음을 소비하며 하루하루 시간을 흘려보냈다. 그러다가 직장에서 차이고 연인에게도 차인 후, 나고 자라서 대학까지 졸업한 청주로 돌아왔다.

직장은 내가 차고 나온 줄 알았는데 그만한 직장에 다시 취업하기가 쉽지 않았다. 결국은 내가 차인 걸 뒤늦게야 깨달았다. 내가 다 작성한 보고서에 부장은 왜 항상 마지막에 숟가락만 올리냐고 받아치다가 그렇게 되었다. 그깟 보고서에 숟가락 아니라 주걱을 올린들 그게 뭐가 어때서, 무슨 정의의 사도나 된 듯 설치다가 부장에게 하극상 한 결과가 되고 말았다.

연인도 내가 찬 것 같지만 사실은 차인 게 맞다. 그는 7년 동안 오른손으론 내 등을 두들겨주고 왼손으로는 내 감정의 토사물을 받아내는 일에 지쳐갔다. 나 역시 세상을 향한 그의 헛발질을 내 정강이로 막아내는 일이 고달프고 지겨웠다.

어느 날 문득, 느닷없이, 그는 결혼하자고 달려들었다. 그게 프러포즈였다. 그는 다이아몬드 반지는커녕 길거리에 널려있는 흔한 장미 한 송이도 없이, 빈손으로 내게 들이댔다.

"문경아, 내가 1억 내고 너도 1억 내서 남녀평등의 결혼을 실천하자. 합해서 2억으로 집 얻고, 가전제품이랑 가구도 마련하고, 폐백, 예단, 예물, 이런 거 생략하고 우리 자주 독립적으로 살아보자."

난 결혼의 정석에서 한참 벗어난 그의 단순 소박한 뇌와 프러포즈 방식이 맘에 들어 웃돈을 얹어주고서라도 그와 결혼하고 싶었다. 그러나 웃돈은커녕 밑돈 1억도 없었다.

"벌써 1억 모았어?"

"부족한 건 엄마가 보태준대."

"엄마가 도와주는 결혼에서 무슨 자주와 독립을 부르짖냐?"

난 청주터미널에서 버스를 타고 무심천을 건너, 부모님이 사는 반지하 빌라가 1억8천이라고 고백하는 대신 헤어지자고 말했다. 난 1억이 없다는 이유로 연인에게 차이기 전에 내가 먼저 찬 것이다.

"왜? 도대체 왜냐고?"

7년을 사귀고서야 성격이 맞지 않는다며 지난 시간을 부정하기는 싫었다. 그 성이 섹스건 캐릭터건 퍼스낼리티건,

새삼스럽게 성의 격을 탓하고 싶진 않았다.

"결이 맞지 않아."

난 돈이라는 단어를 결로 포장하며 이별을 설득하려 애쓰는 척했다. 그러나 결의 정답이 돈이라는 걸 그가 빨리 알아채길 바랐다.

"결? 무슨 결? 결이 뭐야?"

눈치 없는 그는 실연당했다고 징징대며 3개월쯤 전화와 문자로 날 귀찮게 했다. 내가 그를 차단으로 설정하지 않은 것은 솔직히 말하면 병아리 눈곱보다 엄청 커다란 미련이, 미련이 남아서였다.

그는 거의 매일 술을 마시고 나에게 전화를 했다.

"문경아, 너만 생각하면 위와 가슴과 심장까지 아파."

"매일 그렇게 술을 퍼마시니 위와 심장에 구멍이 났나 보다. 내시경이랑 심전도 검사 좀 받아 봐."

차츰 연락이 뜸해지다가 6개월 만에 그에게서 마지막 문자를 받았다.

-드디어 결이 같은 사람을 만났어. 내년 봄에 결혼할 거야.

7년을 만나고서야 결이 어울리지 않는다는 이야기를 들

은 그는, 새 연인과는 성격보다 결을 먼저 맞춘 것 같았다. 눈치는 없으나 머리 좋고 긍정적인 나의 옛 연인은 결이 뭔지 이해하기까지 그리 오랜 시간이 걸리지 않았다.

 난 이리저리 차이고 변변한 직장도 없고 연인도 없이 청주에서 그해의 마지막 달을 맞았다. 바하를 만난 건 그 마지막 달의 첫날, 수동에 있는 〈벼리〉 출판사에서였다. 소규모 출판사임에도 불구하고 〈벼리〉의 강좌는 입소문을 타고 꽤 알려져 있었다.
 들뢰즈, 베르그송, 푸코 같은 철학 강좌부터 시몬 베유와 수전 손택, '도덕경 함께 읽기', 그리고 '한방에 통하는 자기소개서' 같은 실용적인 강좌와 시, 소설, 서평 쓰기까지, 〈벼리〉는 매일 뭔가 가르치고 배우는 학습공동체였다.
 〈벼리〉는 수동 인쇄 거리 입구에서 미로 같은 길을 돌고 돌아 더는 나아갈 구멍이 보이지 않는 막다른 골목에 있었다. 그 건물에 닿기까지 인쇄소와 출판사, 편집 디자인 회사, 대형 문구점 등이 서로에게 어깨를 기대어 의지하고 있는 듯한 풍경이 이어졌다.
 5층 건물의 5층을 사용하는 출판사 건물 입구는 동굴처럼 어둡고 좁았다. 벽 귀퉁이엔 부식된 홈통의 갈라진 틈 사이로 마침 내리고 있던 겨울비가 폭포처럼 쏟아져 내렸다. 깨지고 찌그러진 표면에 매달려있는 잔해로 홈통이 초록색이었다는 걸 겨우 알 수 있었다.

내가 들으러 간 강의는 시몬 베유였다. '타인의 고통과 가난한 삶을 받아들이는 교육'이라는 홍보 문구에 이끌려 그곳까지 찾아간 나. 왜 그런 강좌를 들으러 갔냐고 묻는다면, 난 그때 저녁 시간을 술 대신 무엇으로 메꿔야 할지 몰라 허우적거리고 있을 때였다.

그러나 타인의 고통을 들여다보고 가난한 삶을 받아들일 기회는 나에게까지 오지 않았다. 어둡고 좁은 입구를 지나자 1층에 출판사, 2층엔 다른 출판사, 3층과 4층에도 각기 다른 출판사의 간판이 붙어 있었다. 5층까지 올라가 거친 숨을 몰아쉬며 시몬 베유 강의를 들으러 왔다고 말하자 바하는, 강의는 수강 인원이 부족해 폐강되었다고 말했다. 내가 미처 문자를 확인하지 않은 탓이었다.

나는 차라리 다행이라고 생각했다. 타인의 고통을 들여다보기엔 내 고통이, 한여름 잡초처럼 베고 또 베어도 감당할 수 없을 만큼 자라나고 있었다. 더구나 가난한 삶을 받아들이는 교육이라니, 새삼 그런 교육을 받기엔 난 이미 가난에 너무 잘 길들여져 최적화되어 있는데 무슨, 도대체 무슨 생각으로 그런 강의를 들으려 했던 건지 모르겠다.

뒤돌아 나오려는 나에게 바하는 오늘 일곱 시, 소설 강좌가 있는데 들어보지 않겠느냐고 물었다. 우선 들어보고 계속 수강하고 싶으면 그때 결정해도 괜찮다고 말했다. 여길 나가도 딱히 할 일도 없었던 난 프랑스의 전태일이라는 시몬 베유 대신 소설 강좌를 듣기로 마음먹었다. 그러나 사실은 소설이라는 단어를 들었을 때, 뜬금없이 마음의 우물에 조약돌을 던진 것처럼 기억의 무늬가 소용돌이처럼 번져나갔다.

S#. 1

1931년, 이유석은 무심천을 품은 집성촌 부락에서 태어났다. 오래전 큰 홍수로 말미암아 천 주변의 사찰이 휩쓸리고 무너져 부처의 흔적은 간 곳이 없었다. 그러나 물결은 아무 일 없었다는 듯 무심하게 흘러가서 무심천이라 불렸다는, 천변에는 청주 한씨 집성촌인 대머리 마을大村이 있었다.

대머리 마을은 청주 한씨의 시조 한란이 남쪽 너른 들판을 향하여, 농사를 연구하고 권장하기 위하여 지었다는 무농정을 중심으로 번성했다. 인근에는 손 씨, 경 씨, 이 씨 등이 씨족 마을을 이루고 살았다. 그들은 무심천의 맑고 풍부한 물을 젖줄로 하여 넓고 기름진 땅에서 농사를 지었다.

유석이 태어나고 석 달이 지날 즈음, 후에 유석의 아내가 된 한명희도 첫울음을 터트렸다. 유석과 명희는 출생하여 결혼에 이르기까지 무심천 주위를 산책하고, 물장구를 치고 올갱이를 잡으며, 또는 학교를 오가며 무수히 스쳐 지나갔을 것이다. 그렇게 둘은 부부의 연으로 다가갔다.

일제 강점기에 유석은 뒤늦게 학교에 들어갔고, 명희는 집에서 언니들과 함께 한글과 천자문을 배웠다. 몸은 허약했으나 총명했던 명희는 언니들보다 항상 앞서갔고 서예에도 소질을 보였다. 명희의 집안은 한명회와 한백겸, 한석봉 등 수많은 문관을 배출한 문文과 서書에 뛰어난 가문이었다. 만해 한용운도 청주 한씨 자손이었다. 건강이 좋지 않았던 명희는 2년 후에야 입학을 했다.

해방 무렵부터 유석의 부모는 청주 중심부 번화한 길목에서 올갱이국을 파는 식당을 운영했다. 갓 잡은 통통하고 푸르스름한 올갱이에 된장을 풀고 아욱, 근대, 부추 등 신선한 채소를 푸짐하게 넣어 끓인 구수한 국밥은 한 끼 식사로 인기가 높았다. 특히 근처 화이트칼라 직장인들은 제집 드나들 듯 드나드는 단골손님이었다. 그들은 국밥으로 점심을 먹고 해가 지면 올갱이 장떡이나 무침을 안주로 하여 술을 즐겼다.

한국전쟁으로 인하여 고등학교도 채 졸업하지 못하고 군에 입대했던 유석은 전쟁이 끝난 후 부모님 식당에서 일을 도왔다. 그러던 중 유석의 재빠른 몸짓과 성실함을 눈여겨본 인근의 신문사 간부가 유석의 부모에게 제안했다. 유석에게 인쇄 작업을 배우게 하지 않겠느냐고.

당시 〈청아일보〉는 전쟁과 오보 사태로 인하여 폐간되었다가 복간하면서 제대로 된 신문사로서 위상을 갖춰 나가고 있었다. 유석이 입사한 1956년에는 16면 인쇄기와 9pt 활자를 마련하며 차츰 규모를 확장해 나가는 중이었다.

인쇄공이 무슨 일을 하는지도 잘 모르는 유석의 부모는 신문사라는 매력에 유석에게는 묻지도 않고 좋다고 답했다. 당시 식당에 드나들던 신문사 임직원, 그리고 그들과 함께 어울리는 사람들이 서울이나 일본에 유학한 멋쟁이 지식인이 많았기 때문이다.

 부모의 결정에 따라 신문사에 들어가고 나서야 유석은 무슨 일을 하는지 알게 되었다. 인쇄 업무는 활자 주조공과 조각공, 문선공과 식자공과 정판공, 인쇄공 등으로 나뉘었는데 처음에 유석은 문선 분야에 배치되었다.

 문선공은 기자나 작가가 기사를 보내오면 원고를 보고 활자를 찾아서 문선상자에 담는 일을 했다. 그러나 선임들은 유석에게 일을 맡기지 않았고 여기저기 부르는 대로 달려가 잔심부름만 해야 했다. 일을 체계적으로 가르쳐주지도 않았다. 종일 서서 대기하다가 눈치껏 이리저리 쫓아다니며 작업을 배웠다.

 유석은 오늘일까 또 오늘일까, 1년을 기다린 끝에 혼자 책임지고 활자를 찾아 문선상자에 담는 일을 할 수 있었다. 활자가 앞으로 쏟아지지 않게 살짝 뒤로 기울어져 있고, 많이 사용하는 활자를 중앙에 배치한 문선대에서 필요한 글자를 찾아내는 건 그리 어렵지 않았다. 그러나 상자에 담는 일은 보기보다 힘들었다. 조판을 위해서 주어진 원고에 맞춰 서체와 크기를 선택하고, 한자를 찾아 담는 일은 더욱 까다로웠다. 문선공들은 이 과정을 활자를 심는다고 표현했는데 조금이라도 굼뜨거나 실수하면 불호령이 떨어졌다.

문선공이 문선상자를 넘기면 식자공은 활자를 배열하고 행간을 조절하며 구두점, 부호 등을 넣어 판을 짜는 작업을 했다. 오자와 탈자를 바꿔 끼우고 완전한 인쇄판을 만드는 일은 정판공의 몫이었다.

유석은 지루하고 긴 기다림 끝에 활자를 심은 문선상자에 원고 제목과 함께, '이유석'이라는 이름 석 자를 쓴 쪽지를 붙여 식자공에게 넘기던 날을 훗날까지 오래도록 기억했다. 그는 그날의 뿌듯함을 잊지 못하며 단 한 개의 오자나 탈자도 없었노라고 으스댔다. 문선 작업 5년 후에 유석은 식자와 정판공으로도 손색이 없는 전문가가 되었다.

모든 과정은 글자를 다루는 작업이므로 고등학교 졸업 이상의 학력이 필요했으나 유석은 눈치와 성실로 극복하여 작업에 큰 무리가 없었다. 그러기 위해서 유석은 틈틈이 한자를 익히고, 연필심에 침을 묻혀 공책에 꾹꾹 눌러 쓰며 영어 단어를 외웠다.

작업장은 환기가 좋지 않아 쇠붙이 냄새와 혼탁한 먼지로 인하여 가슴이 답답할 때도 있었다. 손톱 밑은 새까맣게 더께가 앉아 퇴근 무렵에는 거친 솔로 박박 문질러 닦아야 했다. 그래도 지문에 스며드는 거무스름한 무늬는 나이테처럼 조금씩 물들어 갔다. 그것마저도 문선공으로서 경력을 말해 주는 것 같은 뿌듯함에 유석은 가슴이 절로 쫙 펴지고 어깨가 으쓱했다.

일제 강점기에도, 전쟁 중에도, 전후의 혼란스러운 사회 분위기에서도, 어느 시대에나 청년들의 희망과 패기와 허세와 사랑은 주체할 수 없을 정도로 불끈불끈 터져 나왔다. 유석은 퇴근하면 친구들과 함께 신문사 뒷골목과 육거리 근처를 기웃거리곤 했다. 그때마다 손가락의 거뭇한 얼룩을 훈장처럼 자랑하며 술로 목구멍에 쌓인 먼지를 헹궜다. 월급날이면 흥에 겨워 동료들과 어깨동무하고 걸으며 고래고래 노래를 부르기도 했다.

그날도 퇴근하고 신문사 뒤편 골목을 동료들과 너스레를 떨며 지나가다가 유석은 명희를 보았다. 호리호리한 몸매에서 풍기는 단아한 기품과 하얀 얼굴의 명희에게 유석은 홀린 듯 다가갔다.

명희는 고등학교를 졸업하고 신문사 근처 은행에서 근무하고 있었다. 다음날부터 유석은 매일 점심시간마다 명희에게 그날의 신문을 배달하기 시작했다. 명희는 귀찮기도 하고 함께 근무하는 직원들에게 민망하기도 해서 조금 저러다 말겠지, 하고 유석을 무시했다. 그러나 언젠가부터는 신문 배달이 조금이라도 늦어지면 무슨 일이라도 생겼나, 내가 상처받을 말을 한 건 아닌가, 걱정하며 기다리게 되었다.

독신을 고집하던 명희가 유석에게 끌린 것은 성실함과 마음에서 우러나오는 선한 눈빛 때문이었다. 유석은 2년을 명희가 근무하는 은행을 제집처럼 들락거리며 공을 들인 후에야 결혼할 수 있었다. 두 사람은 그때 스물아홉 살이었는데 당시 명희에겐 많이 늦은 결혼이었다. 결혼과 함께 명희는 직장을 그만두었고 이때부터가 유석에겐 황금기였다. 월급도 꽤 많았다. 유석의 능력으로 할 수 있는 다른 일과 비교하여 두 배 이상을 벌 수 있었다.

가난한 집안의 장남인 유석의 도움으로 동생들이 모두 고등학교에 진학했다. 남동생 둘은 대학교까지 보내 교사, 공무원이 되도록 이끌어 아버지 같은 맏이의 역할을 톡톡하게 했다. 이 모든 일이 명희의 배려 없이는 불가능하다는 걸 아는 동생들은 형님과 형수님에게 감사하는 마음으로 부모처럼 받들며 존경했다.

2.

"소설 강좌 하나 들어보지 않겠냐는데, 무슨 생각이 그리 깊고 길어요? 혹시 결정 장애 있어요?"

강사는 소설 「꽃샘추위」를 써서 신춘문예로 등단한 유재원 작가라고 했다. 소설이라면 제법 읽은 나로서도 처음 들어보는 작가였다. 하긴 한 해에 소설가만도 스무 명 넘게 신춘문예로 등단할 텐데, 내가 그 작가들을 어찌 다 알겠는가.

내가 결정을 못 하고 다시 우물쭈물하자 바하는 편의점 도시락을 사러 가는데 내 것도 사오면 어떻겠냐고 물었다. 바하가 편의점에 간 동안 사무실을 둘러 보았다. 컴퓨터가 놓인 책상이 창가와 입구에 두 개 있었다. 입구엔 바하가 앉았던 책상이고 창가 책상은 대표의 자리겠구나, 짐작할 수 있었다.

중앙엔 가정에서 사용하다 버렸을 듯한 6인용 식탁과 각기 다른 모양의 의자가 예닐곱 개 놓여 있었다. 그 옆에 소파는 가운데가 푹 꺼지고 반들반들하게 닳아, 마르고 볼품없는 내 엉덩이를 내려놓기에도 민망할 정도로 낡아 보였다. 그나마 난로 위에서 김을 뿜으며 보글보글 끓고 있는 노란 양은주전자가 내 마음을 이곳에 머물도록 붙들어주었다.

도시락을 먹고도 시간이 남아 바하가 직접 끓였다는 옥수수 차를 마시며 휴대폰을 보았다. 옥수수 차는 고소하고 깊은 맛이 났는데 바하는 결명자도 한 숟가락 넣었다고 알려줬다. 그러고 보니 여기 들어올 때부터 풍기던 기분 좋은 분위기가 바로 이 향기였다. 국물이 없는 편의점 도시락과 잘 어울리는 차였다.

겨울비로 축축했던 몸이 노글노글 풀어지고 배까지 부르니 바하에게 친근한 느낌마저 들었다. 바하의 첫인상은 네모난 안경 때문인지 전체적으로 굳어 보였는데, 비로소 귀에서 턱으로 이어지는 부드러운 선이 눈에 들어왔다. 바하의 눈동자는 네모난 창으로 세상을 내다보는 호기심 많은 어린아이처럼 맑고 선했다. 색이 바래고 찢어진 청바지와 갈색 스웨터도 멋스럽게 잘 어울렸다.

바하에게 여기서 출간된 책을 보고 싶다고 했더니 벽 쪽에 쌓여 있는 책 무더기의 노끈을 풀어 세 권을 뽑아 주었다. 난 『푸코와 함께 춤을』 『들뢰즈를 내 품에』 『도덕경처럼 살기』라는 제목의 책을 받아들고 벽을 바라보았다. 그리고 이 책들이 서점이 아닌, 왜 저 벽에 기대어 바래고 있는지 알 수 있을 것 같았다.

책장을 넘기니 평소 책 좀 읽었다고 자부하는 나에게도 도무지 눈에 들어오지 않는 내용과 편집이었다. 너무 작은 크기의 글자가 빼곡하게 채워져 있었다. 게다가 난해한 문장을 쉽게 풀어도 읽을까 말까 한 현대 철학을 이렇게 배배 꼬아 더 어렵게 쓰는 것도, 이것도 재주라면 대단한 재주라고 생각했다. 네가 감히 푸코나 들뢰즈를 이해할 수 있을 것 같아? 하며 철벽을 치는 냉소가 전해졌다.

"이런 책 관심 있어요? 우리 소설 모임에서 이번에 발간하려는 책이에요."

바하는 내가 뒤적이고 있던 들뢰즈 위에 A4 뭉치를 툭 던지듯 올려놓았다. 표지엔 『again 수동』이라고 적혀 있었다. 난 후루룩 넘겨보다가 방금 먹은 밥과 난로의 온기 때문인지, 갑자기 쏟아지는 잠을 이기지 못하고 식탁에 엎드려 깜박 잠이 들었다.

웅성웅성, 달그락 소리와 함께 매캐한 냄새에 퍼뜩 정신이 들었다. 수강생인 듯한 남녀들이 난로 주위에 옹기종기 모이고 바하는 집게로 연탄을 꺼내고 있었다. 난 나도 모르게 중얼거렸다.

"연탄?"

"연탄, 처음 봐요?"

"네, 이렇게 가까이에서는."

"오, 부잣집 따님이시네!"

농담인 줄 알면서도 부잣집 딸이 되면 당장 큰일이라도 날 것처럼, 난 과장하여 손사래를 치며 아니라고 부인했다.

일곱 시가 다가오자 그들은 식탁을 중심으로 옹기종기 모여 앉고, 바하는 소파 위에 가장 편한 자세로 양반다리를 하고 올라앉았다. 정시가 되자 마치 문밖에서 기다리다가 들어온 것처럼 정확하게 유재원 작가가 나타났다. 그의 어깨에는 축 늘어진 에코백이 얹혀 있고 손에는 연탄 세 개를 담은 바께스가 들려 있었다. 바께스라는 단어의 국적이 어디인지는 모르겠으나 이 바께스는 다른 이름으로 절대로 부를 수 없는, 오직 양철 바께스였다. 약간의 문화 충격과 함께 호기심이 일었다.

난 아직 인사도 나누지 않은 작가에게 물었다.

"그거 어디서 들고 오는 거예요?"

그는 나를 흘깃 쳐다보더니 어눌하게 대답했다.

"지하실이요. 올라오기 전 1층 입구에 빈 바께스가 놓여 있길래 지하실에 내려가서 가져 왔어요."

아, 작가도 바께스라고 부르는구나. 난 의미 없는 동질감이 느껴져 반가웠다. 바하는 소파에서 냉큼 일어서며 "작가, 고마워, 고마워요. 내가 깜박하고 그냥 올라왔네." 하며 우스꽝스러울 정도로 과장해서 고마워했다. 그리고 난로에서 맨 아래 허옇게 바랜 연탄을 꺼내고 까만 연탄을 위에 얹었다.

작가는 에코백에서 감자나 고구마가 분명한, 은빛 호일로 싼 것을 꺼내어 난로 아래 조그만 문을 열고 긴 집게로 밀어 넣었다. 그러자 빨간 마스크로 얼굴의 반 이상을 가린 여자가 역시 호일로 싼 길쭉한 것 몇 개를 내밀었다. 작가는 그것도 난로 아래에 넣었는데 행동이 얼마나 느리고 굼뜬지 내가 대신해주고 싶을 지경이었다.

"새로 온 수강생이 있네요. 우린 이 모임을 소설가의 뜰, 〈소뜰〉이라 하고 난 유재원입니다."

난 바하, 난 육펜스, 난 연필, 난 사짜, 난 쌀고, 내 이름은 빨강.

한 글자도 빼지도 더하지도 않고 마치 끝말 이어가듯 빠르게 소개가 끝났다. 그때 허옇게 바랜 연탄이 눈에 들어왔다. 나는 "난 연탄."이라고, 그들과 똑같은 억양으로 박자를 맞춰 대꾸했다.

"연탄! 센스 있네. 여기선 별칭에 님을 붙이지 말아요. 나에겐 작가야, 하고 부르면 돼요. 연탄은 그냥 연탄이지, 연탄님이 아닙니다."

바하는 등록을 할 거냐고 묻지도 않고 수업 중에 나를 대화방으로 초대했다. 바하, 사짜, 쌀고, 연필, 육펜스, 내 이름은 빨강, 작가가 있는 방에 연탄도 입주했다. 쌀고는 〈쌀집 고양이〉라는 카페 사장이라 했고, 사짜는 '사' 자 붙은 직업을 가진 의사라 다들 그렇게 부른다고 했다. 바하는 음악교사인 아버지가 바흐를 열렬하게 사랑해서 지어 준, 진짜 이름이라고 덧붙였다.

수강생들은 하루에 열 문장 정도의 글을 쓰고 대화방에 올리는 것이 과제라고 했다. 소설이든 수필이든 독후감이든, 그도 안되면 일기나 필사라도. 그런데 난 첫 수업에서 뭘 배웠는지 알 수가 없었다. 처음 온 나를 위하여 소설 쓰는 기본 공식이라도 알려주든지, 『수학의 정석』처럼 소설의 정석을 읽어보라든지 하는 기본적인 조언도 없었.

수강생들은 1주일 동안 쓴 과제에 대해 이러쿵저러쿵 서로 평가하더니 두 시간의 수업이 끝났다. 그리고 회비라며 즉석에서 만 원씩 걷었다.

"연탄은 첫 수업이니까 다음부터 내요."

바하는 수강생들에게 걷은 6만 원 중 4만 원을 따로 봉투에 담았다. 그리고 남자 수강생인 사짜와 육펜스에게 2만 원을 건네자 둘은 밖으로 나갔다. 이 모든 행동이 채 1분도 안 걸릴 만큼 후다닥 진행되었다. 두 사람이 나간 동안 남은 수강생들은 난로 밑에서 감자와 옥수수를 꺼내고, 연필은 가방에서 과자를, 쌀고는 귤을, 바하는 냉장고에서 김치를 가져왔다. 밖으로 나갔던 두 사람은 막걸리가 담긴 비닐봉지를 들고 돌아왔다.

나는 난감했다. 내가 1주일에 한 번 무슨 강의라도 들으려고 했던 건 초, 중, 고, 대학교 친구들과 적당한 거리를 두고 싶었기 때문인 것도 있었다. 그건 1주일에 단 하루라도 술 대신 뇌를 맑게 정화하는 시간을 가져보려는 자구책이기도 했다. 근데 이건 쓰레기 피하려다 똥 밟은 격이었다. 뒤로 자빠져도 코가 깨진다더니, 술자리 피하려고 뒷걸음질 치다가 술독에 빠지는 꼴이었다. 그러나 난 불의를 보고 뒷걸음질 칠 순 있어도 술을 보고 물러설 사람은 아니었다.

난 찌그러진 노란 양은 대접에 가득 담긴 막걸리를, 나의 저무는 서른하나를 위하여 잔을 높이 들었다.

"연탄은 어떤 글 쓰고 싶어요?"

"소설 쓰기의 정석을 배우고 싶어요."

"가르쳐 줄 수 있으면 벌써 알려줬지요. 우선 잘 아는 분야를 선택해서 가볍게 시작해요. 처음엔 원고지 20매 정도의 짧은 소설 쓴다 생각하고, 몇 문장이라도 매일 써 봐요."

막걸리를 마시며 수강생들은, 출판지원사업에서 기금을 받아 수업을 진행했으니 책까지 발간해야 한다며 의견을 나누었다.

"이 골목을 다시 살려야 해요. 지금은 수암골이라고 해야만 아아 거기, 제빵왕 김탁구, 하고 고개를 끄덕이지만, 수동은 예전엔 책을 실어나르는 트럭들이 줄을 잇고 인쇄기 돌아가는 소리가 끊이지 않았다잖아요."

"이제 이 거리에 인쇄출판지원센터가 들어왔으니, 서울이나 대전으로 빠져나가던 일감들을 막고 경쟁력도 살아날 거예요."

"제가 연구하고 있는 서체, 직지체도 잘 진행되고 있어요. 컴퓨터와 연결하는 과정에서 발생하는 문제도 곧 해결될 겁니다."

"폐사지에 복원한 흥덕사와 고인쇄박물관, 그리고 수동인쇄 거리와 수암골의 드라마 촌을 잇는 역사 문화의 길을 마을공동체 사업으로 추진했으면 좋겠어요."

"직지의 숨결과 얼을 잇는 활동을 하자는 것이 우리의 과제입니다. 난 폐사지에 얽힌 이야기를 쓰고 싶어요."

"우리가 함께 작업한 『again 수동』 검토해봤지요? 몇 군데 연결이 자연스럽게 이어지지 않고 덜그럭거리는 부분이 있어요. 그리고 현실적인, 생생한 이야기가 더 필요해요. 뭘 더 보완하면 좋을까요?"

기다렸다는 듯 내 안에 있는지도 몰랐던 생각이 입 밖으로 툭 튀어나왔다.

"그 시절 현장에 있었던 사람들 이야기를 다뤄보는 건 어떨까요?"

"좋은데! 그럼 다음 주까지 연탄이 자료를 수집해볼래요?"

어느새 열 시를 넘어서자 수강생들이 갑자기 바빠지기 시작했다. 바하가 쓰레기봉투를 가져오자 버릴 건 버리고, 마실 건 마시고, 남은 건 냉장고에 넣는 동작이 재빠르게 진행되어 순식간에 식탁 위는 완벽하게 클리어, 깨끗해졌다.

그들은 호들갑스러운 작별 인사도 없이 짤막한 한 마디씩만 남기고 사라졌다.

"씨유."

난 떠밀리듯 〈벼리〉에서 나와 거리에 섰다. 오후부터 내리던 비는 함박눈이 되어 쌓이고 있었다. 나는 보람 있는 일을 할 어딘가에 속했다는 안도감과 버려졌다는 소외감이 동시에 들었다. 잠시 서서 어두운 거리와 사람들을 물끄러미 바라보았다. 그리고 무심천을 향하여 천천히 걸음을 옮겼다.

무심천은 지금도 푸짐한 눈송이를 맞으며 무심하게 흘러가겠지. 무심천을 생각하니 함박눈이 스며드는 마음의 물결이 물빛 무늬를 그리며 번졌다. 점점 더 굵어지는 눈송이가 얼굴을 때리자 내 얼굴에도 얼룩무늬가 그려졌다. 그리고 뺨으로 액체가 되어 흘러내렸다.

S#. 2

유석은 자신을 활자를 심는 사람이라고 자랑스럽게 말하곤 했다. 문경이 태어난 1988년은 서울올림픽으로 온 나라가 축제 분위기에 들떠 있었고 인쇄 출판계가 최고의 호황을 누리던 시기였다. 그러나 문경은 한글을 채 깨우치기도 전에 활자, 문선공이라는 단어와 함께 할아버지의 푸념을 들어야만 했다.

"문경아, 할애비 시대는 끝났어. 문선공은 활자를 심는 사람인데 더이상 그럴 필요가 없게 됐어. 왜 아름답고 소중한 것들은 다 빨리 사라질까. 문경아, 할애비는 활자를 심었지만 넌 글을 심는 작가가 되어라. 넌 글로 꽃을 피우고 열매를 맺는 사람이 되어야 해. 그게 다 활자라는 뿌리가 있었기에 가능한 거야. 그래서 네 이름도 글월 문文을 넣어서, 내가 문경이라고 지었잖아."

원래 유석은 아들이 자신의 뒤를 이어 인쇄 출판 분야에서 일하기를 바랐다. 그러나 유석의 아들이며 문경의 아버지인 진호는 소주를 마시며 텔레비전을 보다가, 두 손으로 아랫배를 감싸고는 새우처럼 등을 구부리고 잠자는 것이 일상이었다.

친구들이 책값을 빙자한 용돈을 빨리 달라며 코에 바람을 잔뜩 불어 넣고 아빠, 아빠, 하고 부르는 애교가 문경에겐 낯설었다. 문경은 충실한 ATM 역할을 하는 아빠를 가진 친구들이 부러웠다. 문경이 돈이 필요하다고 할 때마다 아버지의 ATM에서는 잔금부족이라는 길고도 난해한 SKEHSDJQTDJ 에러코드가 떴다.

그런 의미에서 문경에게 아버지는 항상 부재중이었다. 진호의 아내가 장롱 속 깊이 간직했던 딸의 돌 반지까지 꺼내어 세상 밖으로 달려나가야 했을 때도, 진호는 부재중이었다. 희망, 탄생, 시작, 봄, 청춘, 꿈과 같은 단어와 친숙해야 할 10대에 문경은 할아버지에게 사라짐과 소멸이라는 넋두리를 들으며 애늙은이가 되어갔다.

어느 날 문경은 사라짐과 소멸이 어떻게 다른가 궁금하여 국어사전을 찾아보았다.

ㅅ. ㅗ. ㅁ. ㅕ. ㄹ.

사전에서 소멸을 찾으며 문경은 할아버지가 이렇게 자음과 모음을 하나씩 찾아 글자를 만들고 단어를 엮어 문장을 완성했겠구나, 생각했다. 점이 모여 선이 되고 면이 모여 입체가 되듯이, 할아버지는 자음과 모음을 찾고 심어서 매일 신문을 만들었겠구나.

자음과 모음을 조합해 찾아본 사전에는 소멸, 사라져 없어짐.

그렇다면 사라짐은 내게서 멀어지는 것, 보이지 않는 것이고, 소멸은 내게서만이 아니라 영원히 이 세상에서 없어지는 것일까. 문경이 사라짐과 소멸 사이의 틈새에서 방황할 때 진호는 이 차이를 행동으로, 한 방에 가르쳐주었다.

하릴없이 빈둥대던 진호는 문경이 열일곱 살 되던 봄, 문득 두바이 사막 위에 길과 다리를 만들겠다며 바람처럼 집을 나섰다. 아버지가 떠나 아쉽다는 감정보다는 아, 이게 사라지는 거구나, 하는 깨달음에 문경은 마치 만유인력이라도 발견한 듯 이마를 손바닥으로 세게 치며 반가워했다.

문경은, 아버진 우리 집에선 사라졌지만 소멸한 것은 아니라고 생각했다. 항상 느긋하게 움직이며 통장은 늘 잔금 부족인 아버지였지만, 소멸한 건 아니라는 사실에 그나마 위안을 받았다. 어딘가에서는 바람처럼 자유롭게 잘살고 있을 거라는, 그냥 그거면 됐다고, 위로인지 뭔지 모를 감정을 스스로 다독였다.

3년 후, 다시 바람처럼 돌아온 진호는 163층 브루즈칼리파의 첫 삽을 떴다며 열세 살 소년처럼 으스댔다. 진호의 이야기대로라면, 진호가 없었다면 브루즈칼리파는 이 세상에 존재하지 않았을지도 모른다.

그 시절의 조그만 말꼬투리라도 잡으면 진호의 눈은 크게 반짝였고 무용담은 끝없이 이어졌다. 문경이 적당한 지점에서 끊지 않으면 진호는 이 나무에서 저 나무로 휙휙 날아다니기도 했고, 날아오르는 헬리콥터를 맨손으로 잡아 세우기도 했다. 믿거나 말거나 한 이런 이야기를 진호는 틈만 나면 되풀이했다.

그런 진호를 물끄러미 바라보며 유석은 중얼거렸다.

"문선공은 사라졌어도 그 시대가 있었기 때문에 인쇄와 출판 기술이 발전할 수 있었어. 그런 의미에서 문선공이 소멸한 건 아니란 말이지. 잊히고 사라졌다고 해서 우리가 아예 쓸모없는 사람이었던 건 아니란 뜻이야. 뿌리가 땅속에 묻혀 보이지 않는다고 해서 소멸한 건 아니잖아? 인쇄 분야에서 우리가 큰 몫을 했고, 난 중간 주자로서 최선을 다해 달렸어."

유석과 진호는 같은 장소에서 같은 참이슬을 마시면서도 서로 다른 이야기를, 각자 하고 싶은 말만 늘어놓았다. 마치 난해한 선문답을 하는 듯 보였다. 두 사람 사이엔 연결되어 이어지는 단 한 마디의 대화도 없었다. 문경은 두 사람의 어긋나는, 배가 산으로 올라가는 대화를 듣다가 갑자기 배를 움켜잡으며 화장실로 달려가거나, 급한 전화를 받는 척하며 서둘러 밖으로 나가곤 했다.

3.

수동에서 무심천까지는 빨리 걸어도 30분이 넘게 걸렸다. 난 점점 더 푸짐하게 내리는 함박눈을 맞으며 걸었다. 걷는 중간 담벼락에 그려진 벽화가 보였다. 그림에선 한겨울에도 꽃이 피고, 인어공주와 고래가 손잡고 수영하며, 담에 기대어 양손을 펼치면 새가 되어 날아갈 수도 있었다.

생각에 생각을 더하여 걷다 보니 어느새 다리 앞까지 왔다. 예전에는 다리 아래로 생활하수가 섞인 물이 거품을 일으키며 흘렀으나 지금은 말끔한 산책로로 탈바꿈했다. 산책로와 이어져 대머리 공원이 있고 낮은 언덕 위에 무농정이 있다. 내가 태어난 1988년에 목조 기와집으로 재건축했다는 무농정 주변은 이젠 푸른 숲이 되었다. 나무들과 함께 오방색의 단청, 기와의 단아한 선은 무심천과 잘 어우러져 아름다운 풍경을 보여주었다.

'할아버지는 여기 어디쯤을 친구들과 어깨동무하고 걸어갔을까. 저기, 저기서 명희와 만나 사랑을 고백했을까. 프러포즈도 이 근처에서 했겠지. 아마 흐드러지게 너울지며 떨어지는 벚꽃잎을 밟으며 지나갔을 거야.'

무심천 하면 두말할 것도 없이 벚꽃이다. 벚꽃이 그냥 피고 지는 것이 아니다. 구름처럼 뭉게뭉게 뭉텅이로 피었다가 질 때는 온 하늘과 천이 온통 꽃잎뿐이다.

흩날리며 떨어질 때 더 아름다운 것들, 눈, 낙엽, 꽃잎, 별똥별……

꽃잎이 물결과 함께 흘러가는 풍경을 바라보면 나도 꽃결 따라 흘러가고 싶다.

이곳에서 벚꽃을 배경으로 영화를 촬영한 후엔 포토존으로 더욱 유명해졌다. 난 징검다리 위에 쪼그리고 앉아 흐르는 물을 손가락 끝으로 튕겨보았다. 살얼음이 손에 잡힐 듯, 그러나 잡으면 바로 녹으면서 눈과 함께 물결이 되어 흘러갔다.

'살얼음은 물이 되어 바다로 흘러갈 테니, 나에게 보이지 않는다고 소멸한 건 아니겠지. 그럼 벚꽃잎은 사라진 걸까, 소멸한 걸까.'

손가락 끝이 아리고 심장까지 파르르 떨릴 만큼 시리도록 저렸다. 이 물빛 무늬를 소설로 써보고 싶다. 다양한 동사와 아름다운 형용사로 표현하고 싶다. 난 흐르는 물 위로 번지는 무늬를 바라보며 물결에게 가만히 말을 걸어 보았다.

  학교 다닐 때, 그리고 지금까지도 집 가까이 다가갈수록 몸과 마음은 바닥이 된다. 사라짐과 소멸이 그림자처럼 드리워진 폐사지를 닮은 우리 집. 집에 들어가기 전에 마음의 회로에 스위치를 전환해야 하는데 그 장소가 여기 징검다리다. 몸이 지하로 들어가려면 마음이 먼저 지하로 내려가는 준비를 해야 한다. 몸은 지하인데 마음이 루프탑이면 몸과 마음이 다 혼란스럽다. 이건 매일매일 겪어도 시차만큼이나 적응하기 힘들다.

  무심천 주위 동네의 모든 구멍가게가 편의점으로 바뀌도록 아직도 개미슈퍼라는 간판을 달고 있는 슈퍼 뒤의 우신빌라, 반지하가 우리 집이다. 층계참에는 집에 두기엔 공간이 부족하고, 버리기엔 아쉬운 잡동사니들이 벽에 기대어 먼지와 함께 쌓여 있다.

  한 계단, 한 계단 내려갈수록 햇살과 바람을 만나보지 못한 오래된 곰팡이 내음이 친숙하다. 이어서 된장찌개와 생선조림과 그 밖에 온갖 음식 냄새가 뒤엉킨 빈곤의 실체가 물큰 달려든다. 세월이 흐를수록 두터워지는 가난의 체취다.

나는 가만히 계단에 쪼그리고 앉았다.

S#. 3

이 나무에서 저 나무로 휙휙 날아다녔다던 진호는 바람처럼 떠났다가 다시 바람처럼 돌아와서, 택배 상자를 들고 이집 저집으로 바쁘게 뛰어다녔다. 목적지가 나무에서 집으로 바뀌었을 뿐 진호가 달린다는 사실에는 변함이 없었다. 아마도 진호는 집을 나무로 착각하고 달리는 것인지도 몰랐다.

진호가 달리는 동안에도 목에 걸린 휴대폰으로는 왜 빨리 택배가 배달되지 않느냐며 쉴 새 없이 전화가 걸려왔다. 진호는 휴대폰을 받으면서도 뛰었고, 뛰면서도 고객에게 문자를 보냈다. 고객의 독촉 전화에 신나게 달려가는 뒷모습을 바라보면 고객들이 기다리는 것은 진호가 아닌, 택배 상자라는 사실을 진호만 모르고 있는 것 같았다.

월요일에서 토요일까지 오로지 달리기만 하던 진호는 토

요일 밤이면 양복바지와 셔츠를 정성스럽게 다렸다. 그리고 일요일 아침엔 택배 기사의 진회색 조끼를 벗어 던지고 양복에 넥타이까지 단정하게 매고 집을 나섰다. 택배 배달을 하러 출근할 때면 현관에서부터 급하게 뛰어나가던 진호. 그러나 일요일엔 마치 모태 신앙의 독실한 신자가 예배에 참석하러 가듯, 성스러운 분위기마저 감돌았다.

"바람이라도 났나? 일요일마다 그렇게 차려입고 도대체 어딜 가노? 아버님은 자꾸 명희 어디 갔냐고 명희 데려오라고 하는데, 가서 말벗이라도 좀 하지."

아내의 농담 섞인 호기심과 닦달에도 진호는 일요일의 외출을 멈추지 않았다. 언젠가부터 유석은 자신의 뒤를 이어서 인쇄 출판 분야에서 일했으면 하는, 뒤늦게 아들에 대한 기대를 조금씩 허물기 시작했다. 대신 손녀만 보면 녹음기를 틀어 놓은 듯 똑같은 하소연을 반복했다.

"문경아, 이제 내 시대는 끝났어. 그러나 문선공은 사라져도 글자는 영원하다. 넌 꼭 글 심는 사람이 되어라. 할애비가 뿌리였으니 넌 글을 써서 아름다운 꽃을 피우거라. 명희도 글 쓰는 걸 좋아하고, 참 잘 썼지. 한자도 많이 알고, 글씨도 예쁘게 잘 쓰고, 일기도 매일매일 빠지지 않고 쓰던 우리 명희. 그래서 네 이름도 우리 명희 닮으라고, 글월 문文을 넣어서 지었잖아."

명희 이야기를 할 때면 유석의 얼굴은 항상 환한 조명등을 켠 듯 밝아졌다. 유석은 명희를 누구의 딸, 엄마, 아내, 형수, 며느리가 아닌, 항상 명희라고 불렀다. 명희는 예뻤지, 명희는 책과 글 쓰는 걸 참 좋아했지, 명희는 서예도 잘했어. 그래서 문경은 얼굴도 못 본 할머니를, 할머니라는 호칭보다 명희가 더 자연스럽고 친근했다.

"명희는 음식을 맛있게 만들지 못한다며 민망해하곤 했는데, 참 맛있었어. 달았어. 설탕의 그런 단맛 말고, 그냥 다 달고 맛있었어. 두부나 호박에 물을 자작하게 붓고 새우젓으로 간한, 조미료 한 톨, 멸치 대가리 하나 안 들어가도 그냥 맛있었어. 무 두툼하게 썰어서 서너 켜 쌓고 고등어와 간장만 넣은 다음, 파 숭숭 썰어 수북하게 올린 달큰하고 짭쪼롬한 맛. 어딜 가더라도 사 먹을 수 없는 그 맛······."

유석은 그 맛을 상상하듯 입맛을 쩝쩝 다셨다. 그러나 현실에선 새우깡을 씹지도 않고 쓴 가루약을 넘기듯 소주와 함께 꿀꺽 삼켰다.

4.

나는 싱싱하고 풋풋한 내 젊음을 할아버지의 넋두리를 들으며, 아버지의 새우등이나 바라보며 시들게 할 순 없었다. 그때 난 젊음의 객기로 빵빵하게 부풀어 올라 터질 것 같았고, 여기 반지하만 벗어나면 뭐든지 다 잘할 수 있으리라는 자신감에 가득 차 있었다.

나는 졸업과 동시에 열여덟 개의 자기소개서를 쓰고 나서야, 내가 회사를 선택하는 것이 아니라 회사가 나를 선택하는 것이라는 걸 깨달았다. 그래서 열아홉 번째 자기소개서를 쓸 때는 비굴하리만치 나를 회사의 입맛에 맞춰 구겨 넣은 끝에 합격통지서를 받을 수 있었다. 난 허파에 바람을 잔뜩 불어넣고 당당하게 서울로 향했다.

내가 취업한 회사는 그 업계에서 1, 2위를 겨루는 대기업이었다. 내 자기소개서에는 학력과 자격증을 제외하고는 진심이 없었다. 경력에 번드르르한 옷을 입히고, 이 업계의 다크호스가 되고 싶다며 뻔뻔하고 뜬구름 잡는, 자기소개서가 아닌 '자기소설서'를 써서 입사했다. 어차피 자기소개서도 온갖 조미료를 첨가한 스토리텔링 아니던가. 진심보다는 보기 좋은 것, 듣고 싶어 하는 것만 선택하여 면접위원에게 보여주고 들려준 씁쓸하고 애매한 성공이었다.

 기억이 지난 시간의 끈을 잡고 한참 더듬어가는데, 세월의 더께와 함께 온갖 홍보 스티커가 덕지덕지 붙은 현관문이 벌컥 열리며 엄마가 나왔다.
 분홍색 내복에 꽃무늬 조끼가 잘 어울리는 엄마.
 대형 마트에서 계산원으로 일하면서도 명희와 살았던 주택에 혼자 남은 할아버지를 위하여 반찬을 만들어 나르고 돌보는, 남편보다 시아버지가 더 좋다며 항상 종종걸음치는 우리 엄마.
 "추븐데 여서 뭐하노? 애인이랑 문자질 하나?"
 "밖에 나올 땐 뭐라도 좀 걸치지. 옷이 그게……."
 "이 밤에 누가 본다고?"
 엄마는 음식물 쓰레기봉투를 들고 엉덩이를 씰룩거리며 씩씩하게 계단을 올라갔다. 오늘따라 파마한 머리가 더 꼬불꼬불, 만지면 바스러질 것처럼 푸석했다.
 내가 들어가는 소리에도 아버지는 뒤를 돌아보지 않았다. 여전히 텔레비전 화면에 시선이 고정된 아버지의 등에 대고
 "왔어요."

쓰레기를 버리고 들어온 엄마도 말없이 방으로 들어갔다.
"벌써 자? 텔레비전 안 봐요?"
"네 아빠랑 같은 방향 바라보며 앉아있기 싫다."
아버지와 같은 방향을 바라보는 것조차 싫어진 엄마는, 아버지와 좁은 공간에서 함께 숨 쉬고 한 이불 위에 나란히 눕는 것은 더욱 싫은 듯 보였다. 그래도 뉴스를 좋아하는 아버지는 여전히 텔레비전에서 눈길을 거두지 않았다.

KBS, MBC, SBS, JTBC, 채널A, MBN, TV조선, 연합뉴스, YTN, 요리조리 채널을 돌리며 온갖 뉴스를 쇼핑했다. 뉴스를 보던 아버지는 앵커에게 투덜거리기도 하고 세상을 향하여 공연히 헛주먹을 날리기도 했다. 그러다가 두 손으로 아랫배를 감싸며 새우처럼 등을 동그랗게 말고 누워 거실에서 그대로 잠들었다.

차가운 벽에 기대어 앉아서 기억의 물결을 더듬더듬 따라가 보았다. 난 노트북을 켜고 그 물빛 무늬를 글자로 옮겨 적었다. 일기도 아니고 이게 소설일 수 있을까 싶은 애매한 글을, 아침이 오면 누가 볼까 부끄러워 찢어버릴 게 뻔한 사춘기 소녀의 연애편지 같은 글을, 진지하게 소설이라며 썼다.

이 민망, 난 지금 남루한 내 삶 위에 무슨 꽃송이를 뿌리고 싶은 걸까.

반지하를 벗어나고 싶어 당당하게 서울에 입성한 내가 구할 수 있었던 방 역시 반지하였다.

경제력과 눈높이와 결을 억지로 욱여넣은 지상도 지하도 아닌 지구의 표면, 땅의 경계선, 빈부를 가르는 가로줄. 세로줄이라면 대롱대롱 매달려라도 볼 텐데, 가로줄이 정확하게 나를 반으로 갈랐다. 머리는 지상에 올려놓고 다리는 지하에 걸쳐있는 모양새였다. 이왕이면 기분이라도 좋게 반지상이라고 불러주지, 야박하게 왜 반지하라고 했을까.

- 우리 집 베란다 창밖으로 바라보이는 풍경. 오늘따라 하늘이 더 높고 푸르다. 내 마음도 날씨처럼 맑음. 마음도 뭉게구름 따라 흘러간다.

파란 하늘 사진과 함께 SNS 등에 올려놓은 말랑말랑한 감성 글귀를 볼 때마다, 나도 구름 따라 흘러가고 싶어 새삼 창밖을 내다보곤 했다. 그러나 방충망에 코를 박고 하늘을 올려다보아도 보이는 건 잿빛 시멘트 벽뿐, 가고 싶은 곳으로 마음 따라 흘러가다간 벽에 부딪혀 꼬꾸라질 게 뻔했다.

내다보이는 좁은 골목 풍경은 파란 하늘과 뭉게구름 대

신, 꼬이고 엉킨 실타래 같은 까만 전깃줄이 전봇대와 건물을 겨우 이어주고 있었다. 그건 거미줄 같았다. 거미줄을 걷어내면 건물은 와르르 무너질 것처럼 낡고 위태로워 보였다. 난 거미줄에 걸린 채, 아니 거미줄에 의지하고 겨우 숨을 쉬며 버텼다.

마음이 함께 흘러갈 뭉게구름은 어디에도 보이지 않았다. 청주건 서울이건 장소가 중요한 게 아니었다. 난 마음이 흘러가는 자리, 높고 파란 하늘이 보고 싶어 어디로든 가고 싶었다.

그래서 아버지도 바람처럼 두바이로 떠났던 걸까.

나는 운 중에서도 으뜸이라는 부모 운이 없는 사람으로 태어났지만 누굴 원망하진 않는다. 내가 운이 좋은 사람이 아니듯 아버지도 운이 좋은 사람이 아니었다. 아버지가 만나는 사람들도 다 운이 좋지 않았다. 두바이에 가기 전에도 그랬지만 두바이에서 돌아온 후에도 그랬다.

평창의 땅을 팔아 사우나와 헬스센터를 짓고 아버지를 지배인으로 두고 싶어 하는 김 사장은 3년째 땅이 팔리지 않는다고 하소연했다. 고속버스 터미널 앞에 대기업의 가맹점 매장인 〈땡포마차〉를 차리려는 박 사장도, 5년째 허가가 나오지 않아서 아버지는 매니저가 될 수도 없었다.

 아버지는 택배 배달을 하며 이번엔 꼭 땅이 팔리기를, 빨리 허가가 떨어지기를 손꼽아 기다렸다. 아버지가 이런 이야기를 시작하면 엄마는 아버지에게 바싹 다가앉으며 작은 눈을 반짝였다. 엄마는 마트의 계산원으로 일하며 만성피로에 시달려도 그날을 기다리며 씩씩할 수 있었다. 그러던 엄마가 달라졌다.

 엄마는 더이상 작은 눈을 반짝이지 않았다.

 여기까지 팩트를 가지고 소설로 써보려 이리저리 궁리해봐도 내 능력으론 아무래도 무리였다. 문학이라면 고등학교 3학년까지 배운 국어가 전부였다. 언어영역은 누가 주어진 시간에 정답을 빨리, 정확하게 찍나를 겨루는 기술이었다.

 방향보다는 속도가 중요했다.

 내 생각이나 감정보다는 출제자의 의도를 찾아내는 눈치가 최고의 실력이었다. 선생님들은 무조건 출제자의 의도가 중요하다고 목청을 높였다. 님은 조국이어야만 했고 청포를 입고 찾아오는 손님은 독립, 해방이어야만 했다. 이해가 안 되면 그냥 외우라고 다그쳤다.

대학교 때 교양 국어 시간엔 배운 게 더 없었다. 교수님은 한 시간 내내 자신이 저술한 교재를 토씨 하나 틀리지 않고 읽었다. 글쓰기 따위는 아예 가르쳐줄 생각조차 없는 듯 보였다. 난 의미 없이 외웠던 소설에 대한 기초 지식을 더듬더듬 적어보았다.

작가가 현실에 있을 법한 이야기에 상상을 더해 쓴 허구.

주제, 구성, 문체.

인물, 사건, 배경.

서사성, 개연성, 허구성, 진실성. 핍진성.

발단 – 전개 – 위기 – 절정(클라이맥스) – 결말.

1인칭 주인공 시점, 1인칭 관찰자 시점, 3인칭 관찰자 시점, 전지적 작가 시점.

수미상관.

첫 문장으로 강렬하게 유혹하고, 마지막 문장은 여운이 남게…….

소설에 대하여 기억나는 것들을 종이 위에 적어놓고 가만히 들여다보았다. 이 좁고 얕은 지식을 바탕으로 소설을 써야 했다. 그러나 이해와 공감 없이 무조건 외운 소설의 개요는 아무런 울림도 주지 못했다. 더구나 내가 쓰고 싶은 문장이나 글감은 다른 작가들이 이미 다 쓰고 난 후라서, 내가 쓸 수 있는 건 더이상 남아 있지 않은 것처럼 보였다. 난 단어와 단어의 틈새를, 자음과 모음의 갈피를 뒤적이며 나만이 쓸 수 있는 동사와 형용사를 찾아 헤맸다.

컴퓨터 화면만 뚫어질 듯 바라보던 난 방 안쪽 창문을 열고 이중창 틈 사이에 숨겨놓은 캔 맥주를 땄다. 호프의 깊은 맛이 혀의 돌기를 자극하고 식도를 차갑게 훑으며 내려갔다. 위에 도착한 맥주는 혈관을 통하여 온몸으로 퍼지며 뇌까지 이르는 길이 천천히 열렸다.

알코올이 들어가자 아버지를 좀 더 자세히 들여다보고 싶은 마음이 생겼다. '난 부모 운이 없는 사람으로 태어났지만 누굴 원망하지 않는다.' 라고 소설에 쓸 작정이기에 아버지에 대한 원망이 올라오지 않도록 꾹꾹 누르느라 애썼다. 게다가 아버지를 대신하여 변명까지 생각해 내려고 머리를 이리저리 굴려보았다.

내가 왜 아버지를 위한 변명까지 생각해야 하지? 이게 다 바하가 소설이니, 뭐니 하면서 강좌를 들어보라고 유혹했기 때문이라는 터무니없는 생각이 들었다. 난 공연히 심술이 나서 〈소뜰〉 대화방을 열었다. 공연히, 가 아니다. 바하는 분명히 나에게 거짓말을 했다.

 -바하, 오늘이 소설 첫 수업?

 -OK!

 -이미 진행된 수업 아니고?

 -연탄에겐 첫 수업. 다른 사람이 첫 수업인지 아닌지, 그게 중요?

 -ㅎㅎ 연탄이 바하에게 낚였군.

 -ㅋㅋ 낚고 낚이면서 오순도순. 우리도 바하에게 이런저런 방법으로 낚.

 -아주 맘에 드는데, 지금껏 이런 거 가지고 시비 가리자는 사람 없었는데.

 -연탄, 떠나지 말아요. 우리 엄청 외로워.

 어차피 난 떠나고 싶은 생각은 조금도 없었다. 이미 낚였다. 아니 낚아줘서 고맙다는 생각마저 들었다.

 맥주 한 캔으론 양이 차지 않은 난, 두 손으로 아랫배를 감싸고 새우처럼 등을 구부리고 잠든 아버지 곁으로 살금살금 다가갔다. 아버지도 할아버지처럼, 새우깡을 씹지도 않고 쓴 가루약을 넘기듯 소주와 함께 꿀꺽 삼키다 잠들었을 것이다.

나는 새우깡이 식도를 지나면서 흐물흐물해지는 상상을 했다. 그러자 목으로 새우의 비릿한 냄새가 올라오는 것 같았다. 많고 많은 안주 중에 아버지는 왜 하필 새우깡일까. 양파깡, 감자깡, 고구마깡, 자갈치깡, 깡, 깡, 깡, 다른 깡도 많은데.

아버지는 새우깡을 너무 많이 먹어서 등이 새우처럼 굽는 게 아닐까, 어처구니없는 생각마저 들었다. 아버지가 남긴 소주와 새우깡을 가지고 살금살금 방으로 돌아왔다. 나도 새우깡을 씹지도 않고 쓴 가루약을 넘기듯 소주와 함께 꿀꺽 삼켜보았다.

아, 묘하게 씁쓸하면서도 비릿한 이 맛.

새우도 아닌 것이 새우 향만 풍기며 새우인 척하는, 이 찝찔하고 찝찝한 맛.

난 모니터 화면에 뜨거운 이마를 대보았다. 차가운 화면이 이마를 조금이나마 식혀주었다. 머릿속에선 자음과 모음이 이리저리 만났다 헤어지며 춤추듯 너울댔다. 맞춰봐, 자음과 모음을 큐브처럼 조립해봐. 소설이 별거야? 단어를 잘 엮으면 문장이고 글이며 소설이 되는 거지. 나에게 글을 쓰라고 할아버지가 이름도 문경이라고 지었다잖아. 글월 문,

문경이.

 벌써 새벽 세 시, 여기까지 정리한 팩트를 대화방에 올렸다. 아침에 다시 읽어보면 민망해서 다 지워버릴 게 뻔할 것 같아, 망설이다가 보내기 화살표를 클릭해 버렸다. 마치 기다렸다는 듯, 함박눈 내리는 이 밤에 잠들지 못하는 작가 지망생들의 알림이 방정맞게 울리기 시작했다.

 ―벌써 씀?
 ―할아버지가 문선공? 엄청 대단한 소설이 될.
 ―잔금부족 에러코드, 진짜 저렇게 뜨나?
 ―올 크리스마스 파티는 브루즈칼리파에서. ㅎㅎ
 ―진호 캐릭터, 저 허세 어쩔? 완전 매력!

 난 진지하게 물었다.

 ―소설을 왜 써요?

 대화방이 갑자기 찬물을 끼얹은 듯 조용해졌다. 난 답을 기다리다가 어느새 잠이 들었다. 뭐 대단한 일을 했다고, 뇌와 마음과 육체가 함께 중노동이라도 한 듯 피곤하여 기절한 것처럼 잤다.

 아침 아홉 시가 넘어서야 겨우 눈을 뜬 나는 답을 보았다.

 ―소설을 통하여 '왜, 무엇을' 말하고 싶은지 항상 생각하

세요. 그래야 좋은 글을 쓸 수 있습니다.

일주일 후, 난 중학생들 공부를 도와주는 학습지 〈창조사랑〉 아르바이트를 끝내고 허겁지겁 〈벼리〉로 달려갔다. 학습지는 기계적인 문제 풀이를 끊임없이 반복시켜, 있던 창의력마저 지치고 포기하도록 만들어져 있었다.

가쁜 숨을 몰아쉬며 〈벼리〉로 들어서자 이미 합평이 진행되고 있었다. 아, 이런 게 합평이구나. 지난 첫 모임에선 답답할 만큼 굼뜨고 어눌하던 작가의 말이 주술처럼 쏟아지고 있었다.

바하, 혼자만 속으로 웅얼웅얼하지 말고 우리가 알아듣게 써줘요. 발상은 빛나는데, 왜 확 지르질 못해요? 어차피 읽어줄 사람도 우리뿐인데 뭐가 두려워서 머뭇거려요?

쌀고는 주인공을 밖으로 끌어내요. 바깥 구경 좀 시켜주라고요. 주인공은 햇살과 바람을 만나고 싶어서 말라죽을 것 같은데, 매력적인 주인공을 왜 방구석에만 가둬놓는 거야? 근데 문장은 언제봐도 최고네요.

육펜스는 참 좋다! 등장인물이 그냥 막 자기들끼리 대화를 나누면서 돌아다니잖아. 그런데 배경이 좀 음침해요. 어둠을 거둬내 봐요. 그렇다고 확 다 걷어내지는 말고, 그럼 또 너무 밋밋하지. 아주 살짝, 조금만.

 사짜, 아기 엄마들을 위한 육아 책 쓰고 싶다면서요? 그러려면 어깨에 힘 좀 빼고 말랑말랑하게 다가가야지. 전문용어 좀 그만 쓰고, 발음하기도 어려운 의학 영어 읽다가 혀 꼬부라지겠어. 사짜의 에피소드는 에세이로도 충분하게 좋지만, 웹툰으로도 괜찮을 듯해요. 필요하면 그림작가 연결해 줄게요.

 내 이름은 빨강은 곧 하산해야 할 것 같아. 나보다 더 잘 쓰면 난 어쩌라고? 내가 표절하게 될까 봐 겁나. 근데 묘사가 과해서 질려요. 음식에 온갖 양념을 지나치게 넣어서 원재료의 맛이 실종된 느낌? 나 이렇게 잘 써, 하는 자아도취가 너무 노골적으로 드러나잖아.

 그리고 다들 슬프다, 외롭다, 마음이 아프다, 될 수 있으면 이런 단어 좀 쓰지 말아요. 독자가 그런 감정에 빠져들게 써야지, 내가 아프고 외롭다고 징징대는 건 작가의 바람직한 자세가 아니죠. 내가 울지 말고 독자가 눈물을 흘리게 하라고요. 개그맨이 먼저 웃어버리면 무슨 재민가요? 난 아무 것도 모른다는 듯 시침 뚝 떼면서 독자를 울리고, 웃겨야지요.

난 어리둥절했다. 어눌하고 굼뜨던 작가는 물속을 누비는 물고기 같았다. 말 그대로 물 만난 물고기가 되어 퍼덕였다. 작가는 어설픈 습작품의 장단점을 양념과 간이 잘 어우러지게 버무려서, 모든 수강생에게 공평하게 나눠주는 재주와 은혜로운 능력을 베풀었다. 수강생들을 들었다 놨다 하는 매력도 있었다.

아다지오에서 모데라토를 거쳐 프레스토로 랩을 하듯 쏟아내는 말의 잔치를, 있는 그대로 표현하지 못하는 것이 안타까울 지경이었다. 이 상황을 생생하게, 독자가 마치 보고 듣고 있는 것처럼 느끼고 공감할 수 있도록 묘사하는 것이 소설가의 일이라는 생각이 들었다.

"연탄은 유석과 진호 중 누구의 이야기를 쓰고 싶은 건가요?"

"둘 다요. 두 사람 사이에 얽힌, 어긋난 기억의 굴절을."

"이야기하고 싶은 건 뭔가요?"

"소멸과 사라짐. 그건 없어지는 것이 아니라 옮겨가는 것, 이어지는 것이라는 이야기를 담고 싶어요."

"그건 연탄의 이미지와도 닮았네요. 연탄도 자신을 불태우고 사라지는 거잖아요. 그걸 스토리와 잘 엮어서 풀어내야 하는데. 구성이 어떤지는 아직 잘 모르겠고, 문체는 괜찮아요. 문장력이 그럭저럭 있어 보여요. 주제를 너무 드러내려 애쓰지 말고 어깨에 힘 빼고 편안하게 숨 쉬듯, 자연스럽게 써봐요."

난 속으로 중얼거렸다.

'그러니까 어깨에 힘 빼는 방법을 좀 가르쳐 달라고요.'

난 작가의 조언으로 인하여 쓰는 것이 더 어렵게 생각되었다. 숨 쉬듯 자연스럽게 쓴다는 건 어떤 걸까. 내 마음속을 들여다보기라도 한 듯 작가가 덧붙였다.

"물길을 억지로 내려 애쓰지 말고 흘러가게 둬봐요. 인물의 캐릭터를 확실하게 잡아놓고 배경을 꼼꼼하게 설정한 다음, 그 속에 인물을 던져놓으면 어느 순간 그들이 서로 말을 걸며 다가올 거예요. 무대에서 배우가 연기하듯 인물이 소설을 이끌고 갑니다."

점점 더 오리무중, 안개 위에 더 짙은 안개가 얹히는 풍경이 그려졌다.

"처음엔 되도록 단문으로 쓰고, 소리 내어 읽어봐요. 낭독을 해보라는 거예요. 눈으로 읽을 때와는 다르게 매끄럽지 못한 부분이 있을 거예요. 문장을 다듬으면서 쓰면 나중에

퇴고할 때 훨씬 수월해요."

합평이 끝나자 수강생들은 지난번처럼 재빠르게 회비를 걷고 막걸리를 마시며 의견을 나누었다.

"『again 수동』을 한 권의 책이지만 각각의 이야기로 구성해보는 건 어떨까요?"

"좋은데요. 하나의 이야기로 묶으려고 했던 걸 따로 또 같이, 찬성, 각자 다양한 개성을 드러낼 수 있겠네요."

"무지개 프로젝트인가요?"

"형식은 자유롭게. 포토에세이가 되어도 좋고, 웹툰, 수필, 자료 모음집, 소설, 다 좋아요."

"어? 갑자기 일이 쉽게 진행되겠네."

"연탄도 늦었지만 함께할 거지요?"

망설이는 나에게 바하가 밀어붙였다.

"연탄이 빠지면 일곱 빛깔 무지개가 안되지요."

"당연하지. 뭔 회색 무지개도 아니고."

바하가 돛을 달자 배는 빠른 속도로 목표를 향하여 달려갔다. 바하는 추진력이 있었다. 네모난 각진 안경 너머로 바라보는 눈빛은 어린아이 같은 호기심과 선량함이 있었지만 반짝이는 총명함도 함께 지녔다.

궁금한 걸 참지 못하는 내 장점 겸 단점이 다시 툭 튀어나왔다.

"바하, 출판사 대표는 언제나 볼 수 있죠?"

"난데요."

"창가에 있는 큰 책상이 대표 자리 아닌가요? 왜 항상 입구에 있는 작은 책상에 앉아요?"

"대표 업무할 때만 큰 책상에 앉아요."

아, 1인 출판사였구나……. 어쨌든 이제 겨우 팩트를 정리하고 있을 뿐인 난 마음이 급해졌다. 그때 작은 울림 하나가 머릿속을 스쳤다. 울림은 동심원처럼 계속 퍼져나가면서 마음의 틈새를 가득 메웠다.

S#. 4

결혼 후에도 유석은 명희에게 신문을 배달했다. 무심천변 주택 2층에 신혼살림을 차린 유석은 퇴근하여 신문을 옆구리에 끼고 계단을 오르는 순간이 제일 행복했다. 유석은 두, 세 계단씩 겅중겅중 뛰어올랐다.

명희는 유석이 매일 전해주는 신문은 물론이고 책은 더 좋아했다. 신문사에는 이런저런 이유로 출판사 등 여러 곳에서 보내오는 책들이 많았다. 소설책을 가져다주면 명희는 무척 기뻐했다. 손바닥으로 겉표지를 쓸어보기도 하고 가슴에 품어 보기도 하며 소중하게 읽고 간직했다. 그중에서도 『무정』, 『상록수』 등은 몇 번이고 읽고 또 읽었다.

하루는 야근으로 인하여 밤늦게 퇴근하여 돌아오는데 2층 베란다에서 명희가 진호를 업은 채 서 있는 것이 멀리서 바라보였다. 집 앞 가로등이 명희와 진호를 희미하게 비추고 있었다. 그 장면이 얼마나 아름다웠는지, 유석은 꿈속 같은 그 모습을 마음에 저장하고 오래도록 간직했다. 여느 때처럼 두, 세 계단씩 뛰어오르는데도 명희는 알아채지 못하고 가로등 불빛 아래에서 열심히 책을 읽고 있었다.

"힘들지 않아? 방에 눕히고 편안하게 읽지."

"가로등 불빛으로 책 보는 느낌이 참 좋아. 진호가 여린 숨을 내 등에 내쉬며 잠들고, 소설을 읽으며 당신을 기다리는."

진호가 초등학교에 입학하자 명희는 시간 여유가 조금씩 늘어났다. 그러자 시부모가 식당에서 장사를 하는 동안 청소나 빨래 등 아래층에 사는 시어머니의 일을 돕기도 했다. 명희가 지나간 자리는 반짝반짝 빛이 났고, 명희가 있는 자리는 항상 웃음소리가 끊이지 않았다. 모두 명희를 좋아하고 따르며 그녀를 중심으로 모였다.

그 와중에도 시간을 쪼개어 글씨를 쓰기 시작했다. 고등학교 때부터 사용하던 펜대에 펜촉을 끼우고 잉크를 콕콕 찍어서 글씨를 쓰는 게 참 재미있다고 했다. 유석이 매일 배달해 주는 신문 사설도 보며 쓰고, 시와 수필, 소설도 베껴 썼다.

"그걸 왜 그렇게 써?"

"책에서 봤는데 독서의 첫 단계는 눈으로 읽는 거고, 그다음은 소리 내어 읽는 거, 낭독. 세 번째 단계는 필사라고 하는데, 마지막 단계는 뭔지 알아요?"

"……."

"직접 쓰는 거예요. 일기든 수필이든, 내 글을 쓰는 거라고요."

명희는 눈동자를 아슴아슴하게 빛내며 꿈꾸듯 말했다.

명희가 유달리 좋아하며 소중하게 간직한 책이 있었다. 유석이 퇴근하여 서점 앞을 지나다가 월간 잡지 《여성동아》를 사다 주었다. 유석이 이 잡지를 산 것은 별책부록으로 명희가 좋아하는 소설책이 있기 때문이었다. 〈제3회 50만 원 고료 여류장편소설 당선작〉이라는 문구 아래 제목은 『裸木』(나목)이라고 적혀 있었다.

그날부터 명희는 『裸木』을 필사하기 시작했다. 한 자, 한 자, 정성스럽게 필사한 글씨체는 활자보다 더 단정하고 반듯할 정도로 명희는 글씨를 점점 더 잘 쓰게 되었다. 중간중간 삽화도 있었는데 명희는 그것도 비슷하게 그려냈다.

"당신은 활자를 심고, 난 글자를 종이 위에 새기네."

"그렇게 재밌어?"

"이것 좀 봐요. 박완서 소설가가 우리랑 동갑이야. 1931년생이라고 여기 이렇게 적혀 있잖아요. 그럼 지금 마흔이잖아. 신춘문예로 등단하는 작가들 보면 대부분 20, 30대인데 세상에! 마흔에 등단을 하다니, 대단하죠?"

특별히 울림이 있는 부분을 선택하여 옮겨 적던 명희는 이번엔 소설 한 권을 통째로 베껴서 책과 똑같은 『裸木』의 필사본을 만들었다. 명희는 이 공책을 읽고 또 읽으며 일기장과 나란히 꽂아두고 뿌듯하게 바라보았다.

유석은 명희와 진호가 곁에 있어 하루하루가 즐거웠다. 가정과 직장이 씨실과 날실처럼 가로, 세로로 잘 직조되어 어디 하나 티끌을 찾아볼 수 없는 결 고운 비단 같았다.

  신문사에서는 새 대표가 취임하면서 유석은 동료들보다 먼저 승진도 했다. 대표는 고속윤전기, 현대식 주조기와 신형 자모 등을 새롭게 들여오고 지역에서 신문사의 위상은 점점 더 높아졌다. 유석은 더욱 풍부하고 다양한 지면의 신문을 만들면서 자부심도 한껏 부풀어 올랐다.

  5.

  〈벼리〉에 갔다가 무심천 변을 산책하고 집으로 돌아오니 기쁜 소식이 기다리고 있었다. 아버지에게도 드디어 기다리던 날이 왔다. 터미널 앞에 〈땡포마차〉 허가가 나오고 인테리어 공사를 시작한다는 소식이었다.

  아버지는 당장 택배 배달을 그만두었다. 그리고 매장에 출근하여 공사의 온갖 잡일을 도우며 수석 매니저가 되는 날을 기다렸다. 5년이나 기다렸는데 그깟 한 달쯤 더 못 기다릴 아버지가 아니었다. 집에 돌아오면 먼지와 땀으로 범벅된 푸석하고 희끗희끗한 머리카락을 감지도 못하고 그대로 쓰러지듯 누웠다. 아버지는 텔레비전도 켜지 못한 채 여전히 두 손으로 아랫배를 감싸고 새우처럼 등을 말고 잠들었다.

엄마의 작은 눈이 다시 반짝이기 시작했다.

개업 날인 토요일이 되었다. 터미널 앞에는 〈땡포마차〉가 오픈한다는 현수막이 걸렸다. 색색의 바람개비와 만국기도 신나는 음악에 맞춰 빙글빙글 돌았다. 바람이 잔뜩 들어간 사람 모양의 풍선은 긴 양팔을 허우적거리고, 쓰러질 듯 다시 일어서며 춤을 추었다. 오늘 세 시에 오픈이니 놀러 오라며 짧은 주름치마를 입고, 볼에 동그라미로 도장을 찍은 것처럼 붉게 칠한 여자 네댓 명이 사탕을 나누어 주었다.

나는 개업으로 흥분한 아버지가 집에 두고 간 휴대폰을 전해주려 매장 안으로 들어갔다. 매장에는 청바지를 입고 산뜻한 핑크셔츠에 나비넥타이로 잔뜩 멋을 부린 직원들이 분주하게 오가고 있었다. 난 핑크셔츠를 입고 나비넥타이를 한 아버지가 상상되지 않았다.

매장 구석 화장실 옆에 STAFF ROOM이라고 쓰인, 빼꼼하게 열린 문 앞으로 다가갔다. 아버지의 더듬거리는 목소리가 밖으로 흘러나왔다.

"그래도 5년이나 기다렸는데, 그동안 날, 우리 수석 매니저라고 부르던 사장님이, 아무리 그래도, 그냥 이렇게……"

"이 형, 몇 번을 얘기해요? 내가 꼭 이렇게까지 말해야겠어요? 이 형이 봐도 여기 분위기와 이 형이 어울린다고 생각해요?"

갑자기 문이 벌컥 열리며 박 사장이 튀어나왔다. 난 얼른 열리는 문 뒤로 숨었으나 우스꽝스러운 모습을 보고야 말았다. 핑크셔츠를 입고 뒤뚱거리며 걸어가는 박 사장은, 마치 털이 몽땅 빠진 돼지가 굴러가는 것처럼 보였다. 나비넥타이를 한 핑크 돼지는 갑자기 무슨 급한 일이 생겼는지, 큰 소리로 전화를 받으며 부산스럽게 밖으로 나갔다. 아직도 택배회사의 진회색 조끼를 입고 있는 아버지도 뒤따라 나왔다.

그때, 내가 갖고 있던 아버지의 휴대폰이 요란스레 울렸다. 그 소리에 아버지가 나를 돌아보며 빼앗듯이 휴대폰을 낚아챘다. 통화를 마친 아버지는 달리기 시작했다. 난 아버지를 쫓아가며 물었다.

"어디 가요?"

아버지는 뛰면서 소리쳤다.

"택배 배달이 밀렸다고 빨리 오란다. 새로 온 직원이 말도 없이 그만뒀대. 요즘 젊은 애들은 도무지 책임감이 없다니까."

갑자기 아버지가 멈춰 섰다.

"박 사장에겐 정말 미안하지만, 난 저런 핑크셔츠는 절대로 못 입는다. 거기다 나비넥타이라니, 그리고 뭣보다도 택배 팀장과의 의리 때문에."

아버지는 의리라는 대목에서 주먹까지 불끈 쥐어 보였다. 그리고 다시 뛰기 시작했다. 난 몇 걸음 쫓아갔으나 아버지는 얼마나 빠른지 벌써 저만큼 멀어졌다. 점점 작은 점이 되어 사라지는 아버지를 바라보며, 앞으론 날아오르는 헬리콥터를 맨손으로 잡아 세웠다는 아버지의 무용담을 중간에서 끊지 않기로 마음먹었다.

어쨌든 아버지는 다시 택배 배달기사로 돌아갔다.

난 매일 조금씩 소설을 썼다. 아니 썼다기보다는 썼다가 지우고, 지우고 다시 쓰는 일을 되풀이했다. 한 걸음도 앞으로 나아가지 못하고 제자리에서 맴돌았다. 마음의 우물에 두레박을 던져 힘들게 길어 올려도 두레박 안은 늘 텅 비어 있었다. 일정한 동심원만 그리며 퍼지는 마음을 바라보며 난 어떻게 하면 소설을 쓸 수 있을까 고민했다.

그 사이에 날씨가 조금씩 따뜻해지다가 3월, 강원도 해안

지역에선 갑자기 눈이 펄펄 내린다고 했다. 봄을 부르는 싸락눈 정도가 아니라 겨울보다 더 큰 눈송이가 펑펑 쏟아진다고 했다. 함박눈이 내려 고속도로가 마비되었다는 소식도 전해졌다. 마을이 고립되어 헬리콥터로 비상식량이 배급되는 상황을 실시간으로 전해주는 뉴스를 보면서, 난 여름 장마처럼 비가 내리는 무심천 변을 서성였다.

비가 오는 날, 반지하 방에 누워 까무룩 잠에 빠져드노라면 귀에서 파도 소리가 들리는 것 같았다. 이 소리 덕분에 그나마 반지하가 살만하게 느껴지곤 했다. 빗줄기는 땅과 만나, 파도가 몽돌 해변을 때리듯 자갈자갈 속삭이며 내게 말을 걸어왔다.

봄, 봄비, 봄이 와, 곧 봄이 와, 희망처럼 봄이 다가와.

그러나 봄은 그리 쉽게, 만만하게 자신의 정체를 드러내지 않았다. 겨울이 순순하게 자리를 내주지 않는다는 말이 더 정확한 표현일 것이다. 겨울은 끄트머리에서 더 안간힘을 쓰며 봄이 틈새를 비집고 들어오지 못하도록 단단하게 지켰으나, 어느새 봄이 스멀스멀 스며들었다.

무거운 코트에서 얇은 재킷으로 갈아입고 무심천 변을 산책하노라면 햇살의 방향과 조도와 각도, 물 흐르는 소리가 달라진 걸 느낄 수 있었다. 물결도 겨울옷을 벗었는지 흐름이 가볍고 물살의 속도도 한층 부지런해졌다. 난 반들반들 닳은 얄팍한 조약돌을 물결 위에 튕기듯 던져 보았다. 조약돌은 잔잔한 물빛 무늬를 그리고, 물결은 언제 그랬냐는 듯 다시 무심하게 흘러갔다.

버드나무 가지 끝에도 봄물이 차올라 곧 터질 듯 팽팽하게 긴장했다. 나무 아래 서서 귀를 기울이면 새순이 터지는 소리가, 연둣빛 속살을 보일 듯 말 듯 드러낸 어린 나뭇잎이 바람과 속살대는 소리가, 정말 들렸다. 그 속닥임이 부러워 나도 모르게 스치는 바람에게 말을 걸 뻔했다. 진달래까지 초대하여 분홍빛 잔치 한판 신나게 벌이고 싶었으나 봄바람은 무심하게 겨드랑이 사이를 훑으며 지나갔다.

난 팔을 하늘로 향해 쭉 뻗으며 온몸을 길게 늘여 보았다. 멀리 보이는 우암산도 조금씩 더 초록으로 물들며 몸집이 한껏 부풀어 올랐다. 겨우내 죽은 것처럼 웅크리고 있던 나무도 다시 기지개를 펴며 매일 조금씩 자라는 것이 느껴졌다. 그때마다 내 마음도 한 뼘씩 성장하는 것 같아 발걸음이 가벼워졌다.

글을 쓰다 보면 시나브로 어둠이 찾아오기도 하고, 대낮에도 햇살의 크기는 볼품없이 작고 설핏한데 어둠이 방 전체로 한꺼번에 몰려들기도 했다. 이건 가성비로 계산해 볼 때 결코 생산적인 노동이 아니었다. 이익 창출을 보장할 수 없는 중노동에 정수리가 찌릿찌릿 조여왔다.

해가 하늘 높이 떠 있을 때도 어둑했지만 오후 다섯 시만 지나도 어둠의 두께는 한층 두꺼워졌다. 마치 깊은 바닷속으로 조금씩 잠겨 들어가는 것 같았다. 바닷물의 차가운 온도가 발가락을 간지럽히다가 무릎과 허리를 거쳐 가슴까지 차올라오면, 난 가슴골을 손가락으로 꾹꾹 문지르며 망설이다가 그나마 쓴 문장들을 모두 날려버렸다. 애써 찾은 소중한 동사와 형용사들이 클릭 한 번에 몽땅 사라져 버렸다.

새벽이 다가올 즈음엔 고래가 뒤구르기를 하면서 튀어 오르듯, 문장들이 다시 수면 위로 얼굴을 내밀기도 했다.

고래가 나타났구나!

난 정말 고래인가 싶어 재빠르게 낚아챘지만 잡고 보면 새끼손가락보다도 더 작은, 등 굽은 새우였다.

어둑새벽과 해 질 녘 어둠은 결이 달랐다. 새벽, 빛으로 가는 어둠엔 그래도 희망이 보였다. 해 질 녘에서 더 깊은 어둠으로 빠져드는, 검은 바다를 닮은 암흑 속에선 희망도 검게 물들었다. 회색 노을이 번지는 반지하 방에서, 나는 점점 더 짙어가는 어둠 속에 잠겼다가 어둑새벽이 오면 허우적거리며 나오기를 반복했다.

S#. 5

'행복이 언제 찾아왔는지도 모르게 스며든다면 불행은 벼락처럼 들이닥쳐 똬리를 튼다. 행복은 빛의 속도로 사라지지만 불행은 항상 주변을 맴돌고 끼어들 틈을 엿보며 서성거린다. 나는 이렇게 사라져 소멸하는가, 아니면 어딘가로 옮겨가 이어지는가.'

아들 진호가 고등학교 1학년, 병원 마당에 핀 벚꽃이 뭉텅이로 피었다가 눈처럼 흩날리는 것을 바라보며 명희는 일기장에 적었다. 그리고 그해 가을, 마흔여섯의 나이에 명희는 위암으로 유석과 진호만 남겨둔 채 떠났다. 유석은 전쟁 때문에 고등학교 졸업도 못 하고 입대할 때도, 부모님이 돌아가셨을 때도, 이렇게 어처구니없고 막막하진 않았다. 마음이 방향을 잃어 애지중지하던 진호마저 보이지 않았다.

유석과 진호라는 톱니바퀴는 명희라는 체인으로 연결되어 신나게 달려가고 있었다. 끈이 끊어지자 바퀴는 갈 곳을 잃고 길바닥에 나동그라졌다. 유석은 진호가 어디로 가고 있는지 돌볼 여유가 없었다. 숨 쉬는 것조차도 힘에 부쳤다. 퇴근하면 술과 벗하고 아침이면 겨우 일어나 출근하는 날들이 이어졌다. 명희가 정성스럽게 싸준 도시락을 가방에 넣고 학교에 가던 진호가 밥은 제대로 먹는지, 학교는 잘 다니는지 유석은 돌보지 못했다.

명희를 잃은 유석에겐 아들이 보이지 않았고, 다시 진호를 돌아봤을 땐 둘 사이의 거리가 너무 멀어 다가갈 수가 없었다. 진호는 유석과 명희가 바라던 방향과는 다르게 엉뚱한 곳을 향하여 달려가고 있었다. 바퀴가 지나간 흔적을 겨우 더듬어 찾았을 땐 이미 늦었다.

너무 다른 방향으로, 너무 멀리 가 있었다.

진호의 고등학교 졸업식을 며칠 앞두고 유석이 낯선 사람의 전화를 받고 달려간 곳은 경찰서였다. 어둡고 추운 복도의 딱딱한 의자에 앉았다가 일어섰다가 서성거리며 한참을 기다렸다. 드디어 긴 복도의 끝에서 문이 열리고 진호가 나타났다. 복도 끝은 멀리, 다른 세상으로 가는 길처럼 길게 늘어져 아득하게 보였다. 조명마저 희미했다. 아무리 다가

가도, 아무리 소리쳐도 그 끝에 닿을 수 없을 것 같았다.

저기, 저 끝에, 진호가 맞나? 멍하니 바라보기만 했다. 길쭉하게 흐느적거리는 검은 그림자, 너무 헐렁해서 스르르 벗겨질 것 같은 낡은 점퍼, 명희라면 절대로 진호에게 저런 옷을 입히진 않았을 거라는 자괴감이 유석을 괴롭혔다.

흐린 형광등 불빛 아래 다른 세상 사람처럼 무표정하고 창백한 얼굴, 손가락 끝으로 조금만 밀어도 그대로 폭삭 주저앉을 것 같은 저 몸집으로 왜, 누굴 때리려고 달려들었을까? 상대는 진호의 두 배도 넘을 만큼 네모지고 까무잡잡한 얼굴에, 가슴팍이 암팡지게 벌어지고 어깨의 살집이 두툼한 30대였다. 절대 진호에게 맞을 상대가 아니었다.

"미친 새끼가 죽으려고 환장했나?"

남자는 가래침을 억지로 끌어올려 퉤퉤 뱉고, 실오라기 하나 묻어있지도 않은 상의 앞자락을 유난스레 탁탁 털며 거드름을 피웠다. 남자가 일부러 어깨를 세게 부딪히며 지나가는데 다부진 근육의 힘이 유석의 온몸으로 전달되었다. 순간 유석의 상체가 휘청했다.

유석은 말없이 걸었다. 진호도 유석을 따라 걸었다. 경찰서 정문을 나와 학교 앞을 지나고, 약국도 지나고, 식당과

솜틀집과 꽃집과 문방구와 제과점을 지나, 걷고 또 걸었다.

명희를 만나고 명희와 걷던 길.

이렇게 걷고 또 걸어 명희를 만날 수만 있다면 세상 끝까지라도 걸어갈 수 있을 것 같았다. 무심천을 건너면서 유석의 발걸음은 점점 더 빨라졌다. 거의 뛸 듯이 걸었다. 진호는 점점 더 느리게 발을 끌며 따라갔다.

집에 도착한 유석은 2층 베란다에 섰다. 명희가 진호를 업고 유석을 기다리며 책을 읽던 베란다, 그 베란다에서 이제 막 계단을 오르려 한 발을 올려놓은 진호에게 빈 술병을 던졌다. 술병은 진호를 살짝 비껴가 허공을 한 바퀴 빙그르르 돌고 산산조각이 났다.

"아버진 뭐가 중요해? 공책이 그렇게 소중해? 매일 공책만 끌어안고 술만 마시면 엄마가 돌아올 것 같아요?"

유석은 아무것도 보이지 않았고 생각할 겨를도 없었다. 집으로 뛰어 들어간 유석은 상자를 들고 나왔다. 명희가 소중하게 아끼던 소설책 『裸木』과 일기장과 필사한 공책이 담긴 상자를 머리 위로 높이 들었다가 진호를 향하여 힘껏 던졌다. 상자는 진호의 발 앞까지 굴러와 멈췄다.

"불태워!"

진호는 조금도 망설임 없이 상자를 들고 성큼성큼 대문 밖으로 나갔다. 유석은 점점 멀어지는 진호의 뒷모습을 물끄러미 바라보았다. 상자가 무거운지 휘청대며 걷는 진호의 뒷모습을 바라보며 유석은 자책하며 후회했다.

　'명희라면 토닥토닥 등을 두드려주고, 오는 길에 따뜻한 국밥이라도 먹였을 텐데. 아니, 명희가 있었다면 아예 이런 일이 벌어지지도 않았을 텐데.'

　달려가 붙잡고 싶었으나 진호의 등은 너무 낯설고 모든 걸 거부하듯 단단해 보였다. 진호는 아버지가 달려와 상자를 돌려달라고 애원하기를 기다리며 천천히, 너무 느려서 중심을 못 잡고 휘청거리며 걸었다. 발 한 짝이 땅에서 떨어지면 그대로 쓰러질 것 같아 차마 발을 떼지 못하고 질질 끌면서 걸었다.

　'아버진 곧 뛰어올 거야. 베란다에서 아버지가 퇴근해 오기를 기다리다가 손을 흔들면, 멀리서부터 달려오던 아버지……'

　진호가 집으로 돌아온 건 막 열두 시를 넘어설 때였다. 낡고 얇은 반소매 티셔츠 하나만 걸친 등을 잔뜩 웅크리고, 진호는 말없이 마루를 가로질러 방으로 들어갔다. 꽝! 소리를 내며 닫히는 방문과 함께 유석의 마음도 굳게 닫혔다.

아들이 지나간 자리에선 불에 그을린 냄새가 풍겼다. 매캐한 연기 내음도 났다. 유석은 설마, 설마 했다. 정말 그럴 줄은 몰랐다. 제일 아끼는 명희의 유품을, 아들이 그럴 줄은 몰랐다. 유석은 절대로 저 방문을 열지 않겠노라고 다짐했다. 절대로 진호를 용서하지 않겠다며 입을 굳게 다물었고, 졸업식에도 참석하지 않았다.

시간은 두 사람이 생각했던 것보다 훨씬 빠른 속도로 굴러갔다. 세월의 굴렁쇠는 시간이 지날수록 가속도가 붙어 점점 더 걷잡을 수 없었다. 아무리 뛰고 더 빨리 쫓아가도 시간은 저만치 앞으로 달려가 되돌릴 수 없었다.

유석과 진호는 깊고 오랜 침묵으로 서로를 단죄했다. 두 사람 모두 형벌의 나날을 살아야만 했다. 유석에겐 아들이, 진호에겐 아버지가, 보이지 않는, 없는 사람처럼 살았다. 같은 공간에서도 상대방의 목소리가 들리지 않는 척했고, 초점을 잃은 두 눈은 먼 허공을 헤맸다. 두 사람은 서로에게 투명인간이 되었다.

딱 한 번, 유석이 진호에게 화해의 손을 내민 적이 있기는 했다.

"목욕탕 갈까?"

진호는 일요일이면 함께 목욕탕을 가던 기억이 떠올랐다. 수증기가 서린 뿌연 욕조에서 수영을 배운다고 발버둥 치며 아버지에게 다가가 안기던 기억. 서로 등을 닦아준다며 겨드랑이를 간질이고, 벌겋게 달아오른 얼굴로 바나나 우유를 쪽쪽 빨며 목욕탕을 나서던 추억.

"아, 네, 좋……."

유석의 얼굴이 환하게 밝아졌다.

"그런데 오늘, 친구들과……."

더듬거리며 변명하던 진호는 갑자기 아랫배를 벅벅 긁으며 밖으로 뛰어나갔다. 유석은 무안함과 실망으로 얼굴이 일그러졌다.

고등학교 졸업식 날 교문 앞에서 하염없이 아버지를 기다린 이후, 진호는 입대할 때도 말없이 떠났고 결혼식도 없이 새살림을 꾸릴 때도 그랬다. 그나마 진호의 아내가 둘 사이를 부지런히 오가며 부자의 관계를 겨우 이어주었다. 그러나 두 사람의 눈길은 여전히 상대방의 눈동자 너머, 먼 하늘을 바라보며 머물 곳을 찾지 못하고 흔들렸다.

6.

〈소뜰〉 회원들의 원고는 이미 퇴고 단계에 있었지만 이제 겨우 시작인 난 하루하루가 온통 소설 생각뿐이었다. 마감 날짜에 시달린다는 작가들의 마음을 이해할 수 있을 것 같았다. 종일 썼다가 지우고, 지우고 다시 쓰기를 되풀이했다. 작가의 조언처럼 쓰기란 더하기가 아니라 빼기라는 말을 공감할 수 있었다.

주저리주저리 썼다가 지우려니, 쓰기보다 지우기가 더 힘들었다. 아르바이트하는 시간 외엔, 지하방에서 마음의 저장고를 휘저으며 글을 길어 올리려 애썼으나 두레박은 텅 비어 있을 때가 더 많았다.

소설을 쓰려다 지쳐서 천변으로 나가면 별이 빛나는 밤도 있었고 온통 새카맣기만 한 날도 있었다. 별이 없는 밤엔 고층아파트의 불빛을 올려다보았다. 불빛은 반사와 산란을 거쳐 수없이 많은 구슬이 되어 반짝였다. 눈길로 구슬을 꿰어 별자리가 아닌 빛자리를 그려 보았다. 제일 크고 환하게 빛나는 구슬을 북두칠성으로 정하고 국자 모양으로 연결하여 큰곰자리를, 그 옆엔 사자자리도 만들었다.

바람도 밤과 함께 잠이 든 듯, 모든 것이 멈추고 고요한데도 벚꽃이 한 잎, 두 잎, 흩날렸다. 꽃잎은 마지막 남은 힘을 다하여 중력을 거스르며 허공을 맴돌았다. 꽃잎은 결국 바닥에 뒹굴고 무심천의 물결도 버티지 못하고 강으로 바다로 흘러갔다.

까만 하늘 뒤편에 숨어 있던 별 하나가 떨어져 내렸다. 궤적이 길게 이어지며 아파트 사이 어딘가로 사라졌다. 별도 제 무게가 버거웠을까. 사람도 걸친 옷과 허례가 무겁고 갑갑하여 훌훌 벗어 던지는 밤이었다.

주머니 속에서 계속 울리는 알림 소리.

-연탄, 잘 쓰고 있는가?

-쓸데없는 잡생각만 많고 제자리걸음.

-글 쓴다는 게 원래 그려. 참 비생산적이고 가성비 제로. ㅜㅜ

-엄만 소설 나부랭이 빨리 집어치우고 편의점 알바라도 하라고.

-이러다 나이만 먹고 소설도 못 쓰고 루저가 되는 건 아닌지. ㅋㅋ

-그러니까 직업은 절대로 놓지 말아. 소설 쓰는 힘은 돈

에서도 나와. 너무 많아도 소설 쓰기 어렵지만, 너무 없으면 소설 쓰기 더 힘들어.

―만나서 술 마실까?

―지금 만나자, 당장 만나.

난 무심천을 건너 수동을 향하여 달렸다. 술이라도 마시면 길이 보일 것 같았다. 모든 길이 술로 이어지기라도 하듯 술을 퍼마시던, 20대를 함께 보낸 친구와 선후배, 동료, 눈치도 없는 옛 연인까지 떠올리며 달렸다. 숨이 정수리까지 차올라 헉헉대며 수동 인쇄 거리에 도착한 난 〈벼리〉 골목 입구에서 기다렸다. 바하를, 육펜스를, 연필을, 사짜를, 쌀고를, 내 이름은 빨강을 기다렸다.

멀리서 붉은 전조등을 밝히며 택시가 다가올 때마다, 눈이 부셔 이마 위에 두 손으로 가리개를 만들며 뛰어갔다. 그리고 택시에 탄 사람을 확인하려 바짝 달려들었다. 양손을 높이 들어 펄쩍펄쩍 뛰며 흔들기도 했다. 택시 기사는 놀랐는지 길게 경적을 울리며 사라졌다. 택시가 지나간 자리엔 민망한 욕설만 남았다.

"미쳤냐? 죽으려면 혼자 곱게 죽어!"

그들은 아무도 나와 술을 마시기 위하여 달려나오지 않았다. 그들의 '지금 당장'은 '언제 밥 한번 먹자.'라는, 그냥 무심코 던지는 인사말이었다. 나 역시 얼마나 많은, 의미 없는 인사치레를 남발했을까. 언어 해석력이 부족했다는 걸 뒤늦게 깨달았다.

난 편의점 테이블에 혼자 앉아 소주를 마셨다. 안주는 새우깡. 오늘따라 새우도 아닌 것이 새우인 척하는 새우깡의 맛은 더욱 찝찔하고, 한층 더 비렸다. 난 비린내를 풍기는 새우깡의 짠맛을 지우기 위해 소주를 마시고, 소주의 씁쓰레한 맛을 덮기 위해 새우깡을 씹었다. 소주와 새우깡이 어우러지며 내는 이 미묘한 맛, 나름 궁합이 잘 맞았다. 할아버지와 아버지가 이해가 될락 말락 헷갈렸다.

한 남자가 술에 취했는지 흘깃흘깃 곁눈질하며 지나갔다. 남자는 중얼거리듯 나지막이 노래를 불렀다.

낙엽인들 푸를 때 떨어질 줄 알았을까.

떨어져도 이렇게 아름다울 줄 몰랐네.

그들을 원망하는 마음이 설핏 스쳐 지나갔으나, 그들도 어디선가 보이지 않는 희망을 향해 펄쩍펄쩍 뛰며 손을 흔들고 있을 거란 생각이 들자 다소 위로가 되었다. 밤이 깊을수록 도시의 불빛은 마음에 흔적을 남기고 하나, 둘, 사라져갔다.

  열두 시가 훌쩍 넘어 들어온 나를 아버지는 여전히 뒤도 돌아보지 않은 채 말했다.
"어딜 이렇게 늦게 다니냐?"
  아버지가 나에게 말을 걸다니 더구나 나의 사생활을 궁금해하다니, 너무 뜻밖이라 당황한 난 우물쭈물했다.
"신발장 맨 밑에 깊은 서랍 있지? 그거 열어 봐."
  서랍을 열자 낡은 바구니에 손톱깎이, 귀이개, 까스활명수, 유효기간이 한참 지난 연고와 반창고 등이 서랍을 열 때마다 흔들리며 담겨 있었다. 이 잡동사니들을 언젠간 모조리 쓸어 버려야지, 하고 난 항상 생각만 하고 있었다.
"바구니 아래 상자에 필요한 것이 있을지 찾아봐."
  바구니를 꺼내니 상자가 보였다.
  '이렇게 큰 상자가 들어갈 만큼 서랍이 깊었나?'
  상자를 열었다. 맨 위에 하얀 한지로 쌓인 물건이 있었다. 조심스럽게 포장을 푸니 낡고 바랜 책 한 권이 나왔다.
  『裸木』, 〈1970년 여성동아 별책부록〉이라고 적혀 있었다. 할아버지가 명희에게 선물했다던 그 책, 아버지가 무심천

변에서 불태워 버렸다던 그 책, 할아버지가 아버지와 소통을 끊고 서로를 단죄하게 했던 그 책.

겉장을 넘기려 하니 커피색으로 바랜 책장 귀퉁이가 우수수 부서져 떨어졌다. 난 더이상 책을 만질 수 없었다. 내 손길에 책이 바스러져 사라질 것만 같았다. 다시 한지에 조심스럽게 말아 놓고 그 밑에 공책을 꺼냈다. 표지엔 『裸木』이라고 쓰여 있었다. 활자보다 더 활자 같은 필체, 책 한 권을 똑같이 필사해 놓은 명희의 공책이었다. '이진호'라고 이름이 적힌 곤때 묻은 순우리말 사전과 함께 색이 바랜 갈색 스웨터도 나왔다.

'아버지가 언제 이런 사전을 봤을까? 많이 뒤적인 듯 나달나달하네.'

그 밑으로 아홉 권의 두툼한 공책이 더 있었다. 표지엔 〈런닝맨〉Ⅰ, Ⅱ, Ⅲ에서 Ⅸ까지 적혀 있었다. 난 공책을 넘겨보다가, 바라보다가, 쓰다듬다가, 가슴에 꼭 끌어당겨 안았다. 연필로 정성스럽게 꾹꾹 눌러 쓴 자음과 모음, 단어, 문장들. 공책의 글자들이 살아서 내 마음속, 황량하고 텅 빈 폐사지 같은 내 마음으로 스며들었다. 그건 너무 뜨거워 피가 끓는 것 같기도 하고 얼음처럼 차가워 심장이 오그라들 것 같기도 했다.

  S#. 6

 무심천 모래밭까지 무거운 발을 질질 끌며 걸어온 진호는 상자를 내려놓았다. 그리고 잔 나뭇가지를 주워 상자 위에 올리고 성냥을 그었다. 겨울바람에 바싹 마른 잔가지는 순식간에 불길에 휩싸였다. 시뻘겋게 타오르는 불과 검은 연기를 보자 진호는 머리를 날카로운 둔기로 얻어맞은 듯, 놀라서 몸을 던져 상자를 덮쳤다.

 곧 옷이 그을리는 매캐한 냄새와 함께 아랫배가 뜨거웠다. 눈썹도 불에 덴 듯 욱신거렸다. 진호의 몸에 눌린 불길이 허리 양쪽으로 가늘게 삐져나오며 싸늘한 밤공기를 붉게 뒤흔들었다. 진호는 벌떡 일어나 점퍼를 벗어 무심천 흐르는 물에 담갔다가 상자 위로 던졌다. 엄마가 마지막으로 사준 옷, 갈색 스웨터도 벗어 물에 적셔 상자를 덮었다.

 다행히 불길은 곧 잦아들었다. 진호는 옷을 걷어내고 상자를 열었다. 상자는 물에 젖고 살짝 그슬렸으나 안에 있던 『裸木』과 필사 공책 등은 무슨 일 있었냐는 듯, 무심하게 흐르는 무심천처럼 무사했다. 진호는 공책을 가슴에 끌어당겨 꼭 껴안았다.

 가슴이 후끈후끈 쪼여왔다. 아랫배도 뜨끔뜨끔 쓰리고 아렸다. 진호는 티셔츠를 걷어 보았다. 배꼽 주위에서 가슴까지 벌겋게 부풀어 오르고 있었다. 진호는 스웨터를 다시 차가운 물에 담갔다가 욱신욱신 쪼이는 배 위에 올려놓고 누웠다. 온몸이 섬뜩하고 저리도록 시렸으나 눈시울은 점점 더 뜨거워졌다.

 별도 한 점 없는 하늘은 온통 까맸다. 으스름달만 희미하게 떠 있었다. 얇고 가늘게 뜬 초승달이 꼭 엄마 입술처럼 보였다. 진호는 엄마가 뭐라고 말을 걸어줄 것 같아 기다리다가 자울자울 잠에 빠져들었다. 그러다가 꿈속에서 엄마가 부르는 소리에 화들짝 놀라 깼다.

 "진호야, 진호야, 어여 일어나 집에 가! 여기서 계속 자다간 큰일 나."

 잠결에 아랫배가 화끈거리면서도 시려서 스웨터를 꽉 움켜쥐었다. 그새 스웨터에 살얼음이 잡혔는지 서걱서걱했다.

 진호는 상자를 가슴에 꼭 안고 걸어온 길을 되돌아 걸었다. 낡고 얇은 반소매 티셔츠만 입은 채 젖은 스웨터를 목에 두르니 윗니와 아랫니가 덜덜 맞부딪히며 덜그럭거렸다.

집으로 돌아온 진호는 그대로 앓아누웠다. 제대로 먹지도 못하고 병원도 가지 않은 채, 진호는 지독한 감기와 화상을 연고 하나만 덧바르며 견뎠다. 그 와중에도 진호는 공연히 아버지 주위를 빙빙 맴돌며 눈치를 살폈다. 네 얼굴빛이 아픈 사람처럼 왜 그러냐며 걱정해 주고, 상자에 대해서도 물어봐 주기를 기다렸다.

벌겋게 부풀어 오르고, 물집이 생겼다가 터지고 짓무르는 상처는 너무 아리고 쓰려서 잠이 들지 못할 지경이었다. 두 손으로 아랫배를 감싸고 토닥이다가 겨우겨우 잠드는 날들이 이어졌다. 진호는 배를 끌어안지 않고는 잠을 잘 수가 없었다. 아랫배에는 꽃게가 갯벌 위를 기어간 듯한 흔적을 남기고, 마음엔 그보다 더 깊고 짙은 상처를 새겼다.

진호는 눕기만 하면 두 손으로 아랫배를 감싸니 자연스럽게 등이 새우처럼 말아졌다. 등이 굽을 수록 가슴은 점점 더 오그라들고, 상자에 대해 침묵하는 아버지가 섭섭하고 원망스러웠다.

자신감을 잃고 세상 밖으로 나가기가 두려운 진호는 파릇파릇한 청춘, 거의 모든 시간을 집과 도서관만 오가며 지냈다. 자신이 청춘인 줄도 모르고 청춘의 귀중한 시간을 흘려보냈다. 그래도 채워지지 않는 시간엔 달렸다. 무심천을 따라 미호천까지, 수암골을 지나 우암산 정상까지, 넘어지고 구르면 다시 일어나서 뛰었다.

얼마나 더 달려야 그곳에 닿을 수 있을까. 이렇게 달리고 또 달려서 엄마에게 닿을 수만 있다면, 당장 하늘까지 달려가고 싶은 유혹을 떨쳐버리려 진호는 달렸다. 아무리 달려도 발 딛는 모든 세상이 푹푹 꺼질 듯 허허로웠고, 그곳까지 가는 길은 너무도 멀고 아득했다.

7.

나는 연필로 꾹꾹 눌러 쓴 공책에 담긴 글을 읽었다. 공책 〈런닝맨〉에는 중편소설과 단편소설, 일기와 독서 기록 등이 정리되지 않은 채 뒤섞여 있었다. 조금 밖에 못 읽었는데 벌써 희끄무레한 빛이 반지하 창문 틈새로 조금씩 비집고 들어왔다.

유리창으로 투과되어 스며드는 실낱같은 빛.

들어오자마자 좁은 방에 갇혀 곧 볼품없이 스러질 빛.

어둠 속에서 더욱 선명하게 존재를 드러내는 빛.

방문을 여니 아버지는 여전히 두 손으로 아랫배를 감싸고 새우등을 한 채 이불도 덮지 않고 잠들어 있었다. 난 이불을 가지고 나와 아버지의 배 위에 살며시 올려놓았다. 아버지는 끙, 소리를 내고 돌아누우며 두 손으로 아랫배를 힘껏 끌어안았다. 등은 더욱더 새우처럼 말려 동그래졌다.

어슴푸레 밝아오면서 창문에 달린 쇠창살이 가장 먼저 새벽이 왔음을 알려주었다. 초록색 칠이 다 벗겨져 녹슨 쇠의 검붉은 색이 적나라하게 드러난 창살에 어둑새벽의 희미한 빛이 비치었다. 창살은 반대쪽 벽으로 반사되어 그림자를 만들었다.

난 벽에 드리워진 빛과 그림자를 바라보았다. 나를 가둔 빛살은 아침이 다가올수록 서서히 옅어졌다가 슬며시 사라졌다. 난 그림자 창살에서 빠져 나와 빛이 오는 방향으로 한 걸음 다가갔다.

나는 작가에게 문자를 보냈다.

—소설 좀 봐주세요.

—벌써 완성? 메일로.

—공책에 썼어요.

—공책? 〈벼리〉에 갖다 놓아요.

내가 건넨 아홉 권의 공책을 이틀 만에 다 읽은 후, 작가는 날 의심스러운 눈초리로 바라보았다.

 "이걸 연탄이 썼어요? 필체로 봐서 오랫동안 공들여 썼는데, 소설 처음 쓴다면서요? 공책도 꽤 오래되어 보이고, 더구나 연필로? 연탄이?"

 "내가 쓴 게 아니고, 소설 어떤가요?"

 "중, 단편 등 몇 편이 있는데 전체적으로 스토리가 선이 굵으면서도 묘사는 섬세해요. 묵직한 맛, 거친 면도 있고요. 애써 꾸미지 않고 담백하게 썼는데 인물이 살아 움직이잖아요. 구성도 좋아요. 소설의 정석, 틀에 잘 맞아요. 거기다 반죽도 훌륭해요. 붕어빵이라고 다 똑같은 맛이 아니잖아요. 밀가루와 물과 설탕의 배합도 좋고, 단팥까지 쫀득쫀득, 감칠맛이 있어요."

 "소설의 정석? 그런 거 없다면서요?"

 "가르쳐줄 수가 없다는 거지, 아예 없는 건 아니죠. 그걸 어떻게 가르쳐줘요? 읽고 생각하고 쓰면서 깨닫는 거예요. 스스로 틀을 만들고 글의 울타리를 쌓아 가는 게 작가이고 소설가죠. 붕어빵 틀을 사듯이, 소설 틀을 살 수 있나요? 원고지 100매짜리 성장소설 틀 하나 주세요, 그렇게?"

"소설의 구성, 틀이란 것이 그렇게 중요해요?"

"신기록이란 그걸 목표로 하여 뛰어넘으려고 존재하잖아요. 소설도 마찬가지라고 생각해요. 구성의 틀은 매우 중요하지만 그걸 파괴하면서 좋은 작품을 쓰는 작가들이 분명히 있죠."

"이 소설이 정말 괜찮아요? 소설 쓰기라곤 배워본 적도 없는 사람이 쓴 거예요."

"오히려 자유로울 수 있죠. 구성이니 뭐니, 이런 이론적인 눈치를 안 보면서도 자연스럽게 느낌으로, 틀 안으로 흘러가는 거잖아요. 누군데요?"

"택배 배달기사, 이진호요."

"아버지? 브루즈칼리파? 통장은 늘 잔금부족이고, 텔레비전을 보다가 새우처럼 등을 말고 잠만 잔다는?"

"네."

"소설이란 결국 삶을 쓰는 거니까, 삶을 썼네요. 아버지는 쓰기는 배우지 않았더라도 아마 책을 많이 읽었을 거예요. 많이 읽고 생각하면 그것이 끓어 넘쳐서 글이 됩니다. 글에서 그게 느껴져요. 어쨌든 그냥 묻어 두긴 아까워요. 연탄은 이걸 정리해서 파일로 보내줘요. 내가 다시 검토해 볼게요."

S#. 7

 유석은 명희와 살던 2층 주택의 베란다에 앉아 꾸벅꾸벅 졸다 깨며 해바라기를 하고 있었다. 유석은 이 집에서 태어나 3남 2녀가 복작거리며, 좁은 집에서 치고받으면서 성장했다. 결혼하면서 낡은 집을 허물고 2층 주택을 새로 지어 명희와 함께 꿈처럼 짧은 시절을 보냈다. 그때를 생각하면 유석은 정말 꿈을 꾸다가 깨어난 것만 같았다.

 유석은 평생을 이 집에서만 살았다. 명희가 떠나고 진호마저 결혼한 후, 홀로 외롭게 늙어갔다. 진호의 아내는 종종 함께 살자고 졸랐으나 유석은 다 귀찮았다. 빨리 늙어 명희에게 가고 싶었다. 소원대로 이미 많이 늙고 병들었으나 명희에게 가는 길은 너무 멀어서, 유석은 차츰 지쳐갔다.

 때론 명희가 찾아와서 유석의 머리카락을 빗겨주기도 하고 고등어 무조림을 만들어주기도 했지만 오래 머물진 않았다. 뭐가 그리 바쁜지 총총히 왔다가 급하게 사라졌다.

 "명희, 명희야, 어디 가?"

 그러나 명희는 손 한 번 꼭 잡아주고는 자꾸 푹 쉬라고, 자라고만 하며 약을 먹으라고 주었다.

 유석은 이미 너무 많이 잤고 너무 많이 푹 쉬었다. 더이상

하고 싶은 게 아무것도 없었다. 낡은 침대에 납작 엎드려 명희에게 갈 날만 손꼽아 기다렸다. 희한하게 약을 먹으면 조금이나마 잘 수 있었다. 그러나 금방 깨어났다. 낮인지 밤인지 구분할 수 없는 날들이 자는 것도 아니고 깨어있는 것도 아닌 상태에서 이어졌다.

유석은 자꾸 약을 먹고 싶었다. 명희가 더 그리운 날에는 한 알만 먹으라는 약을 두 알씩 먹기도 했다. 그런 날은 명희가 머리맡에서 걱정스럽게 유석을 내려다보며 이마를 쓸어주기도 하고 오래 함께 있어 주어서 좋았다. 유석은 다음엔 세 알, 네 알을, 아니 한꺼번에 다 먹어야겠다고 생각했다. 그러면 명희와 오래오래 함께 있을 수 있을 거라고, 막연하게 그런 날을 그리며 기다렸다.

그런 와중에도 유석은 활자를 문선상자에 담아 원고 제목과 함께, '이유석'이라는 이름을 쓴 쪽지를 붙여 처음으로 식자공에게 넘기던 날을 생생하게 기억했다. 그리고 1990년, 그때 역시 어제 일인 듯 마음의 갈피에 끼워 간직했다.

말로만 듣던 하마다고스 윤전기가 새로 들어오고, 1991년에는 CTS기가 본격 가동에 들어가면서 문선공이 활자를 찾고 심던 시대가 막을 내렸다. 컴퓨터를 이용한 화상 출력 시대를 맞이하게 된 것이다. 이제 문선공은 조용히 사라져야만 하는 시기가 다가왔다. 대신 컴퓨터라는 신박한 기기가 활자를 찾고, 심고, 출력하는 시대가 그 화려한 막을 올렸다.

어차피 퇴직해야 할 때가 된 유석이기는 했다. 그러나 문선공이라는 직업이 아예 사라지고 자신이 폐기 처분되어 밀려난다는 상실감에 시달렸다. 유석은 가장 소중한 세 가지 중에 이미 두 가지를 잃었고, 더이상 삶에서 의미를 찾을 수 없었다. 오로지 하나 남은 진호와도 소통할 수 없으니 늙고 병든 몸이 홀로 버티기엔 힘에 겨웠다.

8.

난 아버지의 공책 〈런닝맨〉을 한글 파일로 만드는 작업에 몰두했다. 그냥 글자를 입력하는 일이라면 후다닥 끝낼 수 있겠지만 단어 하나, 문장 한 줄에 담긴 아버지의 마음까지도 그대로 옮기고 싶었다. 그러려면 우선 내 마음에 아버지의 가슴을, 아버지의 새우처럼 굽은 등을 담아야만 했다.

난 '이진호'라는 인물의 캐릭터를 이해하기 힘들었다. 할아버지가 그렇게 아끼는 명희의 유품을 즉시 돌려주기는 어려웠다 해도, 그 긴 세월을 왜 숨겨야만 했을까. 명희에 대한 집착과 그리움을 끊어내려는 깊은 뜻으로 이해해야 하는지, 두바이를 정말 가기는 한 것이 맞는지. 소설을 보면 간 것 같기도 하지만 어차피 소설은 허구가 아니던가.

  '이진호'라는 인물에겐 개연성과 핍진성이 전혀 없었다. 더구나 소설 쓰는 '이진호'라니, 현실은 소설보다 더 소설 같았다.

  자음과 모음을 달각달각 자판에 찍을 때마다 내 마음의 우물엔 조약돌을 던지듯 크고 작은 소용돌이가 계속 퍼져나갔다. 황량한 겨울바람만 오가는 폐사지 같던 내 마음에 하나, 둘, 새순이 돋아나기 시작했다. 꽃이 피었다 지고, 진 자리에 또 다른 꽃이 피었다가 졌다. 〈런닝맨〉에선 오랜 세월을 맨발로 걸으며 비에 젖고 햇살에 마르고 바람에 다져짐을 반복하며 단단해진, 깊은 숲속의 나무와 풀 향기가 났다.

  아버지의 공책을 한글 파일로 완성한 날, 내가 소설이라고 쓴 팩트의 나열을 다시 읽어보았다. 이건 소설이 아니라 그저 보통의 날들을 주저리주저리 늘어놓은 넋두리일 뿐이라는 걸 깨달았다. 소설가는 보통의 많은 날 중에서 아주 특별한 순간을 포착하는 능력, 카메라 렌즈가 뚜껑을 재빨리 여닫으며 찰나의 빛을 포착하듯, 마음에 조리개를 달고 있는 사람이라는 생각이 들었다.

아버지의 소설을 읽으며 내 마음으로 한 줄기 빛이 스며들어 수억만 갈래로 산란하는 것을 느낄 수 있었다. 산란하는 빛의 구슬을 바라보며, 난 〈벼리〉에서 출간할 원고 쓰기에 몰두하면서도 재취업을 위하여 효율성과 생산성이 높은 자기소개서를 다시 쓰기 시작했다. '자기소설서'가 아닌, 진심으로 자기소개서를 썼다. 어딘가에는 내 진심을 읽고 믿어 줄 사람이 있다는 걸 믿게 되었다.

가을이 막 시작되는 일요일, 폐사지 터에 복원한 흥덕사 옆 도서관에서 『again 수동』 출판기념회가 열리는 것으로 결정되었다. 소뜰 회원들은, 특히 작가와 바하는 그 준비로 눈코 뜰 새 없이 바빴다.

갑자기 바하가 중요한 이야기가 있다고 해서 만났다. 바하는 출판기념회에 마지막 문선공인 이유석, 할아버지를 초대하고 싶다며 부탁했다. 난 고개를 끄덕이긴 했으나 할아버지가 승낙할까, 염려스러웠다.

할아버지는 흥덕사에 한 번도 가보지 않았다고 말했다.

신문사를 퇴직할 무렵 동료들과 흥덕사지를 간 적이 있다고 했다. 황량한 폐사지엔 모래바람만 불고, 공사장 인부들이 함부로 버린 담배꽁초가 나뒹굴며 있었다고 기억했다. 난 할아버지에게 복원된 흥덕사를 보고 싶지 않으냐고 물었다. 의외로 할아버지는 순순하게 고개를 끄덕였다.

청명한 가을 하늘이라는 낱말과 딱 어울리는 9월의 첫째 일요일이었다. 혼자 할아버지를 부축하고 휠체어까지 싣고 택시 타는 것이 번거로워, 난 아버지에게 함께 가달라고 부탁했다가 바로 거절당했다.

아버지는 여느 일요일처럼, 내 부탁은 아랑곳하지 않고 아침 일찍 양복에 넥타이까지 매고 외출했다. 오늘따라 옷차림에 더 신경을 쓰며 여러 번 거울을 들여다보는 것 같았다. 마치 모태 신앙의 독실한 신자가 예배에 참석하러 가듯, 아버지의 뒷모습에서는 성스러운 분위기마저 감돌았다. 난 모처럼 아버지에게 다가가려던 마음이 다시 멀어지려는 걸 붙잡으려 애썼다.

도서관에 도착하니 너무 일찍부터 서둘렀는지 시간 여유가 30분이나 남아 있었다. 난 할아버지에게 근현대인쇄전시관을 관람하지 않겠느냐고 물었다. 할아버지는 좋다, 싫다, 대답도 없이 깜박깜박 졸며 앉아있었다. 나는 휠체어를 밀고 전시실로 들어갔다. 관람객들이 해설사 주위에 빙 둘러 모여 설명을 듣고 있었다.

활자의 주조 과정에서부터 문선공, 식자공, 정판공의 손을 거쳐 지면으로 인쇄되어 나오는 과정을 관람객들에게 열심히 설명하고 있는 사람은, 택배 배달기사 이진호, 나의 아버지였다. 인쇄술의 발달과정과 현재의 출판 기술을 관람할 수 있는 근현대인쇄전시관에서, 아버지는 휴대폰 대신 '문화해설사 이진호'라고 적힌 파란 명찰을 목에 걸고 있었다.

말끔하게 다린 양복에 넥타이까지 단정하게 매고 잔뜩 멋을 부린 아버지의 등은 자신감으로 꼿꼿했고, 눈빛은 자부심으로 반짝였다. 아버지는 관람객들에게 자신을 마지막 문선공의 아들이라고 소개했다. 10년 넘게 일요일마다 해설을 하고 있다며, 163층 브루즈칼리파의 첫 삽을 떴다고 으스댈 때처럼 자랑스럽게 말했다.

미세하게 입꼬리를 올린 할아버지 얼굴에 설핏 옅은 미소가 스쳐 지나가는 듯했다.

난 전시관을 나와 길 건너 흥덕사로 휠체어를 밀었다. 할아버지는 폐사지 터에 복원된 흥덕사를 물끄러미 바라보았다. 할아버지가 다시 이곳에 오기까지 30년이 흘렀다. 마음의 거리가 그렇게나 멀었을까. 할아버지는 짙은 햇살에 얼핏 현기증이 나는지 손바닥으로 눈을 비비고 얼굴을 문질렀다.

흥덕사 앞뜰에는 황량한 모래바람과 담배꽁초 대신 초록의 아름드리 소나무와 색색의 야생화가 오밀조밀 피어 있었다. 주춧돌 틈새에도 강한 생명력의 토끼풀이 삐죽삐죽 얼굴을 내밀었다. 그러나 명희가 없는 할아버지 마음은 영원히 외로운 폐사지일 뿐이라는 생각이 들었다.

할아버지는 떨리는 입술을 겨우 지탱하며 나에게 뭔가 이야기하고 싶으나, 힘에 부친 듯 손짓을 했다. 그 손짓을 따라 할아버지의 입에 내 귀를 가까이 가져다 대었다.

"명희야, 어디 갔다가 왔어? 이젠 헤어지지 말고 진호랑 함께 행복하게 살자. 진호가 언제 저렇게 컸지? 정말 자랑스러워."

환하게 웃는 할아버지 얼굴에 초가을 햇볕이, 굵은 주름 사이사이까지 깊숙하게 스며들었다. 이미 할아버지의 증상을 알고는 있었으나 새삼 안타까운 마음을 애써 감추며 할아버지의 손위에 내 손을 슬며시 포개었다. 할아버지는 나,

아니 명희를 바라보며 환하게 웃기만 하고 햇살은 허공을 날아다니며 반짝였다.

S#. 8

12월 31일에도 진호는 택배 상자를 들고 이리저리 뛰어다녔다. 새해를 앞두고 택배 물량이 폭발적으로 늘어났다. 새벽부터 달리고 또 달려도 아직 배달하지 못한 상자들이 트럭 짐칸에 쌓여 고객에게 닿기를 기다리고 있었다.

문경은 새로 입사한 직장의 동료들과 함께, 올 한 해를 마무리 할 장소를 찾아 여기저기 기웃거리며 육거리 근처를 서성였다.

올해의 마지막 선물인 것처럼 하늘에선 끊임없이 눈송이가 쏟아져 내렸다. 곤두박질친 수은주는 영하 10도에서 얼어붙어 며칠째 풀릴 줄을 몰랐다. 진호가 빙판을 피해 요리조리 곡예 하듯이 달리는 동안에도, 왜 빨리 택배가 도착하지 않느냐며 쉴 새 없이 전화가 걸려왔다. 진호는 휴대폰을 받으면서도, 고객에게 문자를 보내면서도 여전히 달리는 것을 멈추지 않았다.

새해가 온다고 해도 별로 다를 게 없는 평범한 날들이 이어질 텐데 왜들 이렇게 호들갑일까, 진호는 무덤덤했다. 오히려 평소보다 늘어난 물량에다가 폭설로 인하여, 마지막 택배 상자를 트럭에서 내릴 때는 한 해가 거의 다 저물고 있었다. 7분 후면 새해가 올 것이다. 그때 도착한 한 통의 문자로 이 순간이, 진호에겐 아주 특별한 새날이 되었다. 진호는 역시 달리면서 문자를 받았다.

 −이진호 작가님, 〈청아일보〉 신춘문예에 응모해주셔서 감사합니다. 작가님께서 응모하신 단편소설 「런닝맨」이 최종심에서 아쉽게 탈락했습니다. 내일 아침 신문에 심사평이 실려있으니 참고하시고, 앞으로 더 빛나는 자리에서 만나뵐 수 있기를 바랍니다. 새해 복 많이 받으세요.

 진호가 옆을 돌아보니 카페 유리창 너머로 텔레비전이 보였다. 보신각과 생방송으로 이어지는 천년각의 타종 행사가 막 시작되고 있었다. 사람들이 두 손을 높이 들어 흔들며 함성을 보내는 장면이 겹쳐졌다. 드디어 당목이 종을 내리치는 순간 진호는 자신의 몸이 종이 된 듯, 잠자던 빛의 세포가 일제히 깨어나 울려 퍼지는 걸 느낄 수 있었다. 그 진동과 울림으로 인하여 꽃게가 갯벌 위를 기어간 듯한 흔적이 간질간질하기 시작했다.

햇살 한 번 쪼여보지 못한 속살이었다. 사우나, 해수욕장, 계곡 등 물놀이 한 번을 가보지 못했다. 집에서도 웃통 한 번 훌훌 시원하게 벗어본 적이 없었다. 그런 진호가 몸의 속살보다 더 깊이 감추었던 마음의 속살을, 소설을 통하여 세상에 드러냈다.

 양손으로 아랫배를 벅벅 긁은 진호는 엘리베이터를 타는 것도 잊고 계단을 뛰어오르기 시작했다. 그 순간에도 왜 빨리 택배가 배달되지 않느냐는 문자가 들어왔다. 진호는 꼿꼿하게 허리를 펴고 택배 상자를 어깨에 올리며 달리기 시작했다. 어둑한 층계참을 돌 때마다 기다렸다는 듯 전등불이 자동으로 켜지며 앞길을 밝혀주었다. 설핏한 빛이 비치는 방향으로 진호는 두, 세 계단씩 겅중겅중 뛰어올랐다.

 에필로그

 빛은 물체에 닿으면 에너지를 전달하고 소멸한다. 그러나 빛의 파동으로 인한 파장, 진동이나 울림은 마음에 오래도록 남아 사라지지 않는다. 그 진동이나 울림은 다시 빛이 되어 울려 퍼진다.

순수의
기억

머리카락이 빠지듯 기억이 솔솔 빠져나간다. 어제보다 정수리 부분이 휑한 걸 보니 밤새 또 기억이 한 움큼 사라진 것이 분명하다. 머리숱이 비워지는 걸 바라볼 때마다 마음에도 숭숭 구멍이 뚫리고 그 틈새로 찬바람이 넘나든다. 거울 앞에 쪼그리고 앉아 손바닥으로 머리카락을 쓸어 모으다가 한 오라기를 집어 찬찬히 들여다본다.

*

나는 조심스럽게 한 걸음 앞으로 나아가며 바닥까지 늘어진 치맛자락을 살짝 들었다가 놓는다. 치마폭이 부챗살처럼 쫙 펼쳐진다. 객석에 앉아있는 사람들의 눈동자에 빛이 반사되어 흩어지는 걸 바라본다. 어둠 속에서도 관객의 숨결이 느껴져 마른 침이 꼴깍 삼켜진다. 전주가 시작되기를 기다리며 잔뜩 긴장한 채 천천히 박자를 센다.

–세모시 옥색 치마 금박물린 저 댕기가······.

더 이어가지 못하고 밭은기침을 한다. 커튼 뒤에서 바라보던 세완이 다가온다. 가뭇하게 멀어지는 의식의 홋줄을 틀어쥐고 세완을 바라본다. 순간 상황이 파악되자 활줄처럼 팽팽하게 당겨졌던 긴장감이 한꺼번에 허물어진다. 세완의 허리춤을 움켜쥐며 간신히 버티고 서 있다. 세완은 나를 붙잡지도 밀어내지도 못한 채 엉거주춤 서서 이마에 맺힌 땀을 쓸어내린다.

세완을 거칠게 밀치고 베란다 끝으로 바짝 다가간다. 보름달이 옅은 구름 위에 간신히 얹혀 있다. 온몸의 힘을 끌어모아 숨을 들이마셨다가 호흡이 멎을 것 같은 절정의 순간에 조금씩 밖으로 내뱉는다. 천천히 아끼고 아끼면서, 한 톨의 숨도 남지 않도록 토해낸다. 마침내 한 오라기의 실바람도 남지 않았을 때 보름달을 덥석 베어 문다. 달만 보면 소원을 빌고 싶은 나는 보름달을 내 안으로 불러들이고 소원을 빈다. 기억이 사라지지 않게 해달라고.

방충망까지 활짝 열어젖힌 창으로 늦가을의 싸늘한 바람이 몰려 들어와 커튼 자락이 펄럭인다. 자리를 정하지 못하고 여린 바람에도 이리저리 뒹구는 마른 낙엽 내음도 함께 밀려온다. 객석이라며 애틋하게 바라보던 논밭엔 막 추수를 끝낸 볏단만이 군데군데 흩어져 있다. 볏단을 묶은 짚이 달빛을 받아 희끄무레하게 드러난다.

"엄만 왜 일 년 내내 스트로베리 문이래? 지금은 늦가을이잖아요. 겨울이 멀지 않았어요."

  굳이 의사의 진단이 아니더라도 나는 '생로병사의 비밀' 같은 건강 프로그램이나 드라마 등을 통하여 내 증세를 잘 알고 있다. 그러나 안다고 해서 비껴갈 수 있는 건 아니다. 이런 상황을 인정할 수 있는 가장 적당한 나이는 몇 살일까, 몇 세 정도면 기꺼이 받아들일 수 있을까. 어지러운 생각을 털어내기라도 할 것처럼 고개를 세게 젓는다.

  이제 막 예순일곱을 넘긴 내가 무대라고 착각한 5층 베란다 앞으로는 너른 논밭이 이어지고, 허름한 농가가 옹기종기 들어선 풍경이 펼쳐진다. 마을 사람들이 농가 사잇길을 서성이며 동정과 원망이 섞인 탄식을 쏟아내고 혀를 끌끌 찬다. 늙수그레한 남자가 조용히 하라고 외치는 까랑까랑한 고함이 들린다. 이어서 개들마저 달을 바라보며 소원을 비는지 컹컹 짖어대는 소리가 밤하늘에 가득 울려 퍼진다. 이젠 죄송하다고 사과하는 것조차 송구스러울 지경이다. 나는 영원히 열지 않을 것처럼 야멸차게 베란다 창문을 닫는다.

노래를 부르고 나면 다시 깊은 잠에 빠져든다. 언제 깨어날지 모르는 긴 잠, 자면서도 불안하다. 그날 이후 걱정에서 벗어난 적이 없다. 걱정이 없으면 느닷없이 걱정이 들이닥칠 것 같아 불안하다. 걱정은 늘 주위를 맴돌다가 조그만 틈새라도 생기면 비집고 들어올 것 같아, 나는 불안으로 걱정을 밀어내려 애쓰며 살았다.

5층 음악실로 오르는 계단은 늘 멀고 아득했다. 마음은 자꾸 뒷걸음쳐졌지만 발은 마음과는 달리 앞으로 고꾸라질 듯 달려갔다. 공교롭게도 전 수업은 체육이었다. 100미터 달리기나 농구를 하다가 헐레벌떡 뛰어 들어와 교복으로 갈아입고, 음악실까지 10분 안에 도착하는 건 매주 반복해도 쉽지 않았다. 40명이 넘는 학생들이 등으로 이마로 흐르는 땀을 닦지도 못하고 계단을 뛰어오르는 소리에 건물 전체가 흔들리는 것 같았다. 3층 교무실 문이 드르륵 열리며 뛰어다니지 말라는 선생님들의 호통도 발걸음 소리에 묻혀 잘 들리지 않았다.

 나는 어젯밤 사냥개에게 쫓기던 악몽에서 아직도 깨어나지 못한 듯 오금이 저리며 오줌까지 마려웠다. 겨우 의자에 앉아 거친 숨을 고르려면 음악 선생인 염딸은, 너희가 뿜어내는 땀과 먼지와 생리의 비릿하고 퀴퀴한 냄새 때문에 토할 것 같다며 가늘고 뾰족한 지휘봉을 휘두르면서 발을 굴렀다.

 염딸은 수업 시작을 알리는 종소리의 여운이 채 가시기도 전, 간발의 차이로 늦게 도착하여 가쁜 숨을 몰아쉬는 우릴 세워 놓고 노래를 부르라며 다그쳤다. 곱디고운 가곡 〈그네〉였다. 앞의 여덟 마디는 뚝 잘라내고, 절정으로 치닫는 아홉 번째 마디부터 부르라며 고함을 질러댔다.

 "'란'을 네 개의 음으로 똑같이 나누는 게 아니라고! 음표 앞에 겹 앞꾸밈음 있는 거 안 보이냐? 이 멍청이들아!"

 지휘봉 끝의 붉은 꼭짓점이 초여름 햇살을 받아 반짝이며 어지럽게 허공을 갈랐다. 염딸의 아버지인 사학재단의 이사장 염라대왕은, 학교 배구단이 경기에서 지고 돌아오면 밤톨처럼 단단하게 여문 곰방대로 선수들의 정수리를 사정없이 내려치는 것으로 소문이 자자했다. 175센티가 넘는 어린 선수들이 이사장실 앞 복도에 꿇어앉아 머리를 움켜쥐고 흐느끼는 걸 심심찮게 볼 수 있었다.

"두 번째 음에는 #이 있잖아! #이나 ♭이 감정적으로 자연스럽게 표현이 안 돼? 그런 세심하고 미묘한 감성도 없는 너희들이 열일곱 살 맞아? 이 밥벌레들아, 머릿속엔 빨리 도시락 먹을 생각밖에 없지?"

염딸은 #이나 ♭에 감성이 있다는 건 알면서, 열일곱 살 우리에게도 감정이 있다는 건 깨닫지 못했다. #의 감성을 강요하면 할수록 마음엔 서걱서걱하고 거친 모래바람이 휩쓸며 지나갔다. 본 적도 없는, 이름조차 타고난 예술가 같은 '금수현'이라는 작곡가가 원망스럽기까지 했다.

"크레셴도나 데크레셴도가 없어도 자연스럽게 그렇게 부르게 되지 않니? 근데 있잖아. 음표와 쉼표 위에 각각 늘임표도 있잖아! 없는 게 이상할 정도로, 그렇게 안 부르는 것이 더 어색하고 어렵지 않니? 너희 머릿속엔 뭐가 들어앉아 있니?"

발을 구르고 흥분하며 고함을 지를 때보다도 입꼬리에 비웃음을 가득 담고, 조곤조곤 이야기하는 표정은 마치 공포

영화의 한 장면을 보는 듯 섬뜩했다.

 염딸이 #의 감성이 없다는 내 머리를, 도시락 먹을 생각만 가득하다는 내 정수리를, 느닷없이 끝이 붉고 뾰족한 지휘봉으로 내리쳤다. 붉은 꼭짓점이 허공을 가르자 마음도 여러 갈래로 쪼개지며 퍼즐 조각처럼 부서져 내렸다. 꼼짝도 하지 않고 서서 염딸을 바라보았다. 움직이던 모든 것, 바람, 구름, 나뭇잎, 커튼 자락마저도 일제히 멈춘 채 째깍째깍……, 벽시계의 초침 소리만 초여름의 눈이 부신 햇살을 뚫고 점점 더 크게 들려왔다.

 정수리가 화끈한가 싶더니 선홍빛 액체가 주르륵 흘러내렸다. 순간 내가 아니라 날 노려보던 염딸이 쓰러졌다. 염딸은 새끼손가락을 세우고 엄지와 검지로 우아하게, 하늘하늘한 하얀 원피스의 치맛자락을 잡았다. 그리고 머리카락이라도 흐트러질까 염려스러운지, 먼저 엉덩이로 착지한 다음 머리를 바닥에 조심스럽게 내려놓았다. 나는 여전히 꼿꼿하게 서서 염딸을 바라보았다.

 '이건 꿈일 거야. 빨리 깨어나자! 어젯밤 사냥개에게 쫓기던 것도 꿈이었잖아. 깨어나면 빳빳하게 풀 먹인 하얀 광목 이불 위였으면 좋겠다.'

핏방울이 염딸의 결 고운 원피스 위로 뚝뚝 떨어지며 번졌다. 빨간색 물감이 마치 미술 시간에 배운 마블링처럼 핏빛 무늬를 그렸다.

친구들이 나를 부축하고 에워싸며 우르르 음악실 입구 쪽으로 몰려갔다. 아무도 쓰러진 염딸에게 다가가지 않았다. 음악실을 나가기 직전 뒤를 돌아보았다. 날 부축했던 반장이 둘째 손가락을 세로로 세워서 입술에 갖다 대었다. 모두 숨을 죽인 채 염딸을 바라보았다. 염딸은 학생들이 다 나갔다고 생각했는지 정성스럽게 웨이브를 살린 머리카락을 매만지며 천천히 일어났다. 순간 나와 눈길이 딱 마주친 염딸은 똑같은 설정으로 다시 한번 기절했다.

이후 달라진 것이라곤 체육 선생님이 수업을 5분쯤 일찍 끝내준 것밖에 없었다. 왜, 엉뚱한 체육 선생님이 해결자로 나섰는지 아무도 그 이유를 가르쳐주지 않았다. 오히려 염딸은 교권을 바로 세우겠다고 지휘봉을 휘두르며 부들부들 떨었고, 체육 선생님은 수업을 조금씩 더 일찍 끝내주다가 아예 수업을 포기하고 학교를 떠났다.

성악을 공부하고 싶었던 마음에 불안이 똬리를 틀고 들어앉았다. 노래를 부르려면 이마에서 눈을 거쳐 뺨으로 주르륵 흘러내리던 선홍빛 액체가, 흰 원피스 위로 뚝뚝 떨어져 번지던 핏빛 무늬가 떠올랐다. 동시에 바닷물이 자글자글 소리를 내며 빠져나가고 쓰르라미 우는 소리도 들리기 시작했다.

"너도 파도 소리가 들려?"

"무슨 파도?"

"쓰르라미는?"

"쓰르라미? 여름이면 나무에 찰싹 달라붙어서 요란하게 울어대는 곤충 말하는 거야?"

친구들에게 깊은 비밀을 털어놓듯 물었지만 아무도 듣지 못했다며 고개를 저었다. 마지막으로 엄마에게 물었다.

"엄마도 들리지? 파도랑 쓰르라미 소리 말이야."

"이명이 들린다는 거야? 예민한 사람들이 그렇다는데, 넌 어린애가 왜 이렇게 까칠하니?"

'까칠해서 이런 소리가 들리는 게 아니고, 자꾸 이런 소리가 들려서 예민한 거야. 소리가 뇌 회로를 따라 빙빙 돌아다녀서, 소리 나는 곳을 찾으려 함께 돌다 보면 어지러워서 아무것도 할 수가 없어. 그 소리가 들리기 시작하고 붉은 꼭짓점이 허공을 날아다니면 공부는커녕 숨은 가쁘게 차오르고,

식은땀은 흐르고, 울렁울렁 토할 것 같아.'

  나는 다짐했다. 이다음에 결혼하고 아기가 생긴다면 아이의 맘속 깊숙한 밑바닥까지 살뜰하게 보듬으며 키우리라, 깃털보다 가벼운 상처도 남기지 않으리라고.

  결혼은 시작부터 평범했다. 깊은 산속 호수보다 더 고요하고 잔잔했다. 집안을 깔끔하게 정리하고 나물을 볶으며, 연년생으로 태어난 세완과 세진이가 잠들면 목덜미에 코를 대고 킁킁 냄새를 맡는 삶에 만족했다.

  혼자 있는 시간엔 5층 베란다에서 밖을 내다보곤 했다. 아직 개발되기 전인 지역이었고, 지금까지도 거대한 신도시가 들어설 거라는 소문만 파다한 채 땅 주인들은 올해도 추수를 마쳤다. 논밭이 한없이 이어지다가 하늘과 만나 지평선을 이루는 풍경이 좋아서 40년 가까이 이 집에서만 살았다. 남편 경섭이 소방공무원으로 근무하면서 살뜰하게 대출금을 갚으며 장만한 아파트였다.

  소방관이라는 직업이 감정적으로 예민하거나 섬세하지 않고, 몸과 마음이 건강하고 믿음직한 사람이라는 점이 마음에 닿아 나는 경섭과 결혼했다. 가끔 귓속으로 파도가 밀려오고 쓰르라미가 울기도 했지만 그러려니, 그럭저럭 적응하며 살 수 있었다.

실제로 쓰르라미가 우는 밤에도 이명은 잠시 잊고 '달이 밝네.' 하고 내가 중얼거리면, '보름달이니까 밝지.' 하며 해맑게 맞장구친 것도 여기 베란다였다. 나는 경섭의 단순함이 좋았다. 무슨 말을 해도 경섭은 그 의미를 되새기며 꼬지 않고, 마음에 어떤 흔적도 남기지 않을 사람이라는 미더움이 있었다.

*

멀어지는 세완이 보이지 않을 때까지 나는 베란다에 서서 바라보곤 한다. 세완은 타고나길 가녀린 골격에다가 뼈에 최소한의 살만 발라놓은 듯 삐죽하게 길기만 하다. 휑하니 마른 뒷모습이 잎을 다 떨군 가을 나뭇가지처럼 휘청이는 걸 바라보며 서 있다. 나보다 한 뼘 이상이나 훌쩍 더 자랐어도 자식은 왜 항상 짠할까. 특히 뒷모습은 더욱 그렇다.

실용음악과를 졸업하고 서른을 넘기면서 독립한 세완이 방문하기 전날부터 나는 가슴골을 지그시 누르며 기다린다. 다녀가고 나면 그 뒷모습이 눈에 밟혀 또 며칠 밤을 이리저리 돌아누우며 생각한다. 오른쪽으로 누우면 어깨가 결리고, 왼쪽으로 돌아누우면 목이 뻣뻣하고, 똑바로 누우면 등이 배긴다. 움직일 때마다 무릎에선 뚝뚝 관절이 맞부딪히는 소리가 들리고, 발가락 끝까지 전류가 흐르는 듯 저릿저릿하다. 허리의 통각이, 나 지금 너무 아프다고 온몸으로 신호를 보낸다. 이불 밖으로 드러난 앙상한 빗장뼈 위로 스치는 실바람에도 살갗이 떨린다. 베갯잇에는 방금 빠진 머리카락이 꿈틀거리며 찰싹 달라붙어 있다.

나는 마음 한편에 뭉쳐있는 이 멍울의 정체를 알 수가 없다. 세완은 항상 뭔가 할 말을 다 하지 못한 사람처럼 머뭇거린다. 오늘도 봉투를 내밀며 세완은 말한다.

"저작료 받은 거예요."

"지난달에도 말했잖아. 세완아, 용돈 안 줘도 괜찮아. 연금만으로도 충분하고 돈 쓸 일도 없어."

아무런 이유나 조건 없이 돈을 주고받는 것, 이것보다 더 확실한 가족증명은 없다. 그런데 매달 용돈이라며 건넬 때마다 세완은 왜 저작료 이야기를 하는지 알 수가 없다. 게다가 별로 보는 사람도 없을 것 같은 EBS의 음악방송에 몇 번 나왔을 뿐인데, 어떻게 저작료가 꾸준하게 들어오는지도 잘 이해가 되지 않는다.

"아프지 마세요."

"네가 더 건강해야지, 살이 조금만 찌면 더 보기 좋을 텐데."

볼 때마다 하는 부질없는 걱정을 또 한다. 그리곤 할 말이 없다. 아니, 나오려는 말을 목구멍 안으로 깊숙이 밀어넣고 식은 커피와 함께 꿀꺽 삼킨다. 머쓱함을 감추려 잔기침을 하며 거울을 본다. 미간과 입가의 팔자 주름은 어제보다 더 짙게 그늘지고, 눈가의 주름도 자글자글한 늙은 여자가 내 코에 코를 맞대고 심술궂게 쏘아본다. 머리숱이 휑한, 밉상인 거울 속의 여자를 자세히 보고 싶지 않아 고개를 돌린다.

"내가 작사, 작곡해서 번 돈이에요."

같은 말을 되풀이하는 세완을 보며 아들이 경섭을 닮아간다고 생각한다. 어디가 닮았을까. 작은 눈인 것도 같고, 구부정한 등과 어깨인 것 같기도 하다. 세진이가 아무리 퉁명스럽게 타박해도 늘 맘씨 좋은 웃음을 짓는 것도 세완이 경섭을 닮아간다. 세완과 세진이가 좋아하는 갈치는 아이들 더 많이 먹이려고 입도 대지 않던 경섭이다. 그런 경섭을 세완이 점점 닮아가고 있다.

세완의 마음에 그어진 실금이 무엇인지 까맣게 모른 채

나는 엉뚱한 말만 허공에 대고 중얼거린다.

"세진이도 함께 있으면 좋을 텐데, 어딜 갔지?"

남매라는 관계가 부모 아래서 한솥밥을 먹으며 티격태격하고 부대낄 때 가족이지, 독립하고 나니 궁금은 해도 그리 보고 싶은 것 같지는 않다. 그래도 명절이니, 생일이니 하면서 그런대로 행복한 가정의 구색을 갖추면서 지낸 적도 있다. 내가 쉰다섯에 세 살 위인 경섭이 연금만 남겨준 채 떠나고, 머리카락이 듬성듬성 빠지기 시작하면서 행복한 가족의 틀이 조금씩 허물어져 간다.

그러나 지금이 더 불행하다고 생각되진 않는다. 그땐 그때의 행복이 있었고, 지금 기억이 오락가락하는 삶도 나름대로 의미가 있다고 한다면 사람들은 믿을 수 있을까. 1분, 1초가 한 올, 두 올, 머리카락과 함께 야금야금 사라져가는 걸 헤아리며 하루를 보낸다. 삶은 어차피, 살다 보니 살아지기도 하고 사라지기도 한다.

세완과 왜 이렇게 서먹해졌는지, 경섭이 떠나기 전날 밤 내가 했던 말 때문인가. 궁금하지만 시원하게 물어보지 못하고 계속 딴청만 부린다. 세완의 마음은 어떤 빛깔일까, 그 속을 들여다보고 싶어 새삼 찬찬하게 훑어본다. 더 늦기 전에 묻고 싶어 입술을 들썩이지만 차마 묻지는 못한다. 세완이 어떤 대답을 할지 두렵다.

'그날을 기억하니?'

소리가 되어 나오지 못하는 말을 다시 꿀꺽 삼킨다. 세완과 정면으로 눈을 마주치지 못하고 입만 바라본다. 그러다가 가뭇하게 멀어지는 시간의 벼랑 아래로 천천히 떨어져 내려간다. 다신 절벽 위로 올라오지 못할지도 모른다는 안타까움에 세완의 옷소매를 있는 힘을 다해 움켜쥔다. 점점 더 빠르게 기억이 사라져가는 걸 어렴풋이 느낀다. 기억의 홋줄을 놓치지 않으려 꽉 틀어쥐고 발버둥 치지만 이미 문턱을 넘어섰다.

경섭이 떠나기 전날 밤, 살짝 열린 문틈 사이로 세완이 듣고 있다는 걸 알고 있었다. 그러나 난 평소와는 달리 감정을 추스를 여유가 없었고, 목소리는 내가 듣기에도 지나치게 뾰족했다. 물리적인 폭력만이 폭력이 아니라 눈빛이나 손짓만으로도 상처를 줄 수 있다는 걸 잘 알면서도, 그땐 그랬다. 지나고 보니 그런 순간들이 드물지만 있었다.

"그래서, 만화가가 되고 싶어서, 졸혼이라도 하겠다는 건

가요?"

 "졸혼은 무슨……, 굳이 말하자면 방학 또는 휴학 같은 거. 6개월만, 그냥 조금만 쉬면서 머물다 가고 싶어. 너무 힘껏 달려와서 그런가, 에너지가 다 소진된 느낌이야."

 다음 날, 경섭은 불길에 타오르다 무너진 교실의 서까래 밑에서 발견되었다. 동료들의 말에 의하면 학생들을 모두 대피시킨 다음, 마지막으로 빠져나오던 중이라고 했다. 경섭은 마침내 휴직의 꿈을 이뤘다. 활활 타오르는 천정이 통째로 얼굴을 향하여 떨어지는 순간, 경섭은 나와 마지막으로 나눈 대화를 떠올렸을 것이다. 내 말을 다 되뇌기도 전에 시뻘겋게 타오르는 서까래가 얼굴을 덮쳤을 것이다.

 "우스꽝스러운 만화 나부랭이나 끄적거리려 6개월이나 휴직을 하겠다고? 그렇게 휴직하고 싶으면 차라리……."

 경섭의 사고 소식을 듣고 달려가면서 그와 함께했던 수많은 장면이 영화의 스틸처럼 지나가며 시간이 찰나로 조각나고 있었다. 찰나는 다시 나뉘며 뭉개지고, 날 선 칼날 아래에서 다져지며 사라져갔다. 찰나는 사랑에 빠지기에도 충분한 시간이지만 죽기에도 충분하고도 남는 시간이었다.

 그때 나는 멈춘다는 것, 쉰다는 것이 두려웠다. 강가에 바싹 붙어서 바라볼 땐 물살이 쏜살같이 빠르게 흘러가는 것처럼 보였다. 이제야 멀리 떨어져서 바라보니 강물은 거의 흐르지 않는 것처럼 보인다. 시간도 그랬다. 아무리 가멸차게 쫓아가도 시간은 항상 저만치 앞서 달려가 있었다. 세월의 속도를 따라잡기 힘들어 버벅대고 있는데 멈추다니, 있을 수 없는 일이라고 생각했다. 그래서 쉼표는 안된다고 극구 반대했더니 경섭은 성급하게 마침표를 찍어 버렸다.

  빈소에선 머리 위에 검은 띠를 두르고 연둣빛 점퍼를 입은 경섭이 환하게 웃고 있었다. 사진은 1년 전, 산어귀의 나무들이 연두를 지나 이미 초록을 향해 달려가던 늦봄에 내가 찍어 준 것이다. 집 근처에 있는 산에 올라갔다가 우연히 마주친, 생각지도 않은 시간에 뜻밖의 장소에서 만난 경섭이 낯설게 느껴졌다. 옷차림은 더욱 뜨악했다.
  나는 산 중턱에서 운동 기구인 거꾸리에 누워 있었다. 거꾸로 보니 세상은 더 넓고, 하늘은 더 높고, 비현실적으로 파랗게 보였다. 여기저기로 눈길을 옮기는데 낯익은 얼굴이 설핏 스쳐 지나갔다. 깜짝 놀라 거꾸리에서 내려와 연둣빛 점퍼를 입은 남자의 뒷모습을 바라보았다. 챙이 넓은 모자까지 쓴 모습이 평소의 경섭과는 어울리지 않았다. 그러나 아무리 낯선 옷차림에도 연두는 경섭이 확실했다.

경섭은 홀로 산을 오르고 있었다. 장난스러운 호기심에, 눈치채지 못하도록 살금살금 뒤를 밟았다. 경섭은 연둣빛으로 물이 오른 나무가 되어 점점 더 깊은 숲속으로 스며들고 있었다. 초록의 숲으로 성큼성큼 걸어 들어가는 경섭의 뒷모습을 바라보았다. 문득 타인처럼 느껴지며, 경섭이 이대로 영원히 숲속으로 사라질 것 같은 착각에 사로잡혔다.

'연두색 옷이 어디서 났지?'

경섭은 무채색 옷을 좋아하고 혼자서 옷을 사는 사람이 아니었다. 검정과 약간씩 다른 명도의 회색, 기껏해야 하양이나 베이지색 옷만 입는 경섭이 초록 숲에서 나무를 닮아가고 있었다. 어깨에는 커다란 에코백까지 메었다. 평소의 경섭과는 전혀 다른 옷차림과 만화 캐릭터까지 그려진 에코백에 나는 고개를 갸우뚱했다.

아름드리나무가 가로막고 있는 길목에서 경섭이 감쪽같이 사라졌다. 경섭은 정말 숲이 되어버린 걸까, 헛것을 본 것은 아닐까, 의심이 들 지경이었다. 당황하여 주위를 두리번거리는데 옆에 경섭이 우뚝 서 있었다.

"산책 왔어?"

경섭이 어디에 숨었다가 불쑥 나타났는지 나는 어리둥절해서 바라보기만 했다. 경섭은 모자로 부채질을 하며 내 어깨를 툭툭 쳤다. 모자에 달린 긴 목줄이 산들바람에 나부끼며 내 뺨을 간지럽혔다. 행동과 말투까지 낯설었다. 경섭은 연둣빛 점퍼에 에코백까지 메고, 어깨나 배를 툭툭 치는 따위의 경박한 행동을 하는 사람이 아니었다. 경섭은 아랑곳하지 않고 집에서부터 함께 산책 나온 부부처럼 태연하게 말을 걸었다.

"이런 날씨에 아직도 블랙 패딩이야? 칙칙한 옷은 벗고 어깨랑 등 좀 활짝 펴고 걸어 봐."

경섭은 연둣빛 점퍼를 입어서 그런지 얼굴까지 연두로 물든 듯 봄날의 새순처럼 싱그러웠다. 쉰도 훌쩍 넘은 남자가 연둣빛과 어우러져 상큼할 수 있다는 게 의외였다. 평소 구부정하던 어깨를 뒤로 활짝 젖힌 경섭은 경쾌한 걸음으로 앞장서서 올라갔다. 나는 머뭇거리며 따라갔다. 경섭은 뭐가 그리 신나는지 산길을 통통 뛰듯이 뛰어올랐다.

거의 다 올라와 산마루의 솔숲으로 들어간 경섭은 넓은 바위가 마치 거실 소파인 것처럼, 신발까지 벗고 편하게 올라앉았다. 서너 사람이 누워도 될 만큼 평상처럼 너른 바위였다. 종종 산에 올라왔지만 발견하지 못했던 쉼터였다. 내가 연둣빛 점퍼를 자꾸 힐끗거리는 걸 눈치챘는지, 경섭은 일어서서 빙그르르 한 바퀴를 돌며 말했다.

"새로 전근 온 최 후배가 선물한 거야. 어때? 어울려?"

기분까지 연둣빛으로 한껏 물든 경섭은 에코백에서 스케치북과 120자루의 색연필 상자를 꺼내어 자랑하듯 펼쳐놓았다. 백에는 맥주 한 캔도 들어있었다.

"색연필과 맥주? 많이 마시진 않지만, 당신은 소줄 좋아하잖아?"

"여기서 맥주 한 캔 마시는 게 내겐 소중한 휴식이야. 살면서, 하고 싶은 걸 한다는 건 좋은 배우자를 만나는 것만큼 중요하다는 생각을 해. 여기 오면 내 몸에서 풍기는 그을음 냄새가 사라지고 초록 향기가 나는 것 같아."

경섭은 평소답지 않게 덜렁대고 두서없이 말까지 많았다. 경섭은 바위 위에 벌렁 드러누우며 말했다.

"6개월만 이놈의 불 냄새 안 맡았으면 정말, 정말 소원이 없겠다."

경섭은 다시 벌떡 일어나더니 내 얼굴에 코가 맞닿을 정도로 얼굴을 가까이 들이댔다. 나는 민망하여 고개를 돌렸다. 부부가 코를 맞댈 만큼 가까이 있다는 것이 왜 민망한 일이었을까.

"당신, 색깔에도 향기가 있다는 거 알아? 난 빨간색만 보면 불 냄새가 나는 것 같아."

나는 차츰 마음이 불퉁스러워지고 있었다. 이렇게 오래 함께 살고도 내가 모르는 경섭의 다른 모습이 있다는 사실에 스멀스멀 부아가 치올랐다.

"이런 촌스러운 만화 좋아해요? 언제부터 그린 거야?"

여전히 마음이 부루퉁해져서 스케치북을 함부로 뒤적이며 물었다.

"난 만화가가 되고 싶었어."

"요즘은 만화 이렇게 안 그려요. 다들 컴퓨터로 하지, 누가 색연필로 그려."

"그냥 내 마음이 흐르는 대로, 붓 가는 대로 그리는 거야. 만화 속에서 내가 하고 싶은 행동과 이야기를 맘껏 할 거야."

내 핀잔에 살짝 언짢아졌는지 경섭은 정색하며 대답했다. 그리고 공연히 쓸데없는 말을 늘어놓은 걸 거둬들이려는 듯, 스케치북과 색연필을 주섬주섬 주워 백에 담았다.

 그때 한 장의 그림이 눈에 들어왔다. 120자루의 색연필을 한 장에, 크기와 색깔까지 똑같이 정밀묘사한 그림이었다. 놀라서 멍하니 바라보았다. 이건 그냥 붓 가는 대로 그린 게 아니었다. 실제 색연필과 그림 속의 색연필 중, 어느 것이 실물이고 어느 것이 그림인지 가려낼 수 없을 정도로 똑같았다. 240자루의 색연필이 햇살을 받아 수천, 수만 개의 빛살로 반사되며 반짝였다. 마치 프리즘을 통과한 색연필이 춤을 추며 허공을 날아다니는 듯했다.

 나는 이제야, 그때 남편이 무슨 말을 하고 싶었는지 알 것 같다. 경섭은 만화를 이야기하고 싶었던 것이 아니라, 만화를 그리고 싶은 마음을 나누고 싶었던 거라는 걸 깨닫는다. 가족끼리가 서로를 가장 잘 모른다더니, 가족관계증명서는 부부의 감정까지 증명해 보여주진 않는다. 만약 사람의 감정을 측정하는 '감정평가사'가 있다면 '서로에 대해 아는 것이 너무 없으니 부부임을 증명할 수가 없습니다.'라는 서류를 발급해 줄 것이라는, 부질없는 상상을 뒤늦게 한다.

*

세완의 옷소매를 움켜잡으며 정신을 잃었던 기억이 조금씩 되살아난다. 얼마나 잤는지 피곤이 말끔하게 가셔 달콤함마저 느껴진다. 실제로 입안이 달착지근하고 허기가 밀려온다. 혀의 오톨도톨한 돌기들이 톡톡 튀어 오르며 갓 지은 흰 쌀밥이 먹고 싶다. 매운 고추를 잘게 다져 넣고, 얼음을 동동 띄운 말갛고 시원한 오이지 냉국 하나만으로 밥을 먹고 싶은 강렬한 식욕에 입맛이 절로 다셔진다.

　어깨를 들썩이며 자세를 바꿔 보려 꼼지락거린다. 몸이 마음먹은 대로 움직여지지 않는다. 눈을 크게 떠본다.

　'또 병원에 실려 왔구나…….'

　물방울이 똑, 똑, 똑, 똑, 똑, 일정한 간격으로 맺혔다가 떨어져 손등으로 흘러 들어가는 걸 하염없이 바라본다. 샛노란 수액은 혈관을 통하여 심장으로 흘러갈 것이다. 언젠간 심장으로 들어간 피가 되돌아 나오지 못하고 차갑게 식어갈 것이다. 죽는 건 그닥 두렵지 않으나 심장이 멈추고 피가 선지처럼 딱딱하게 굳어갈 걸 생각하면 가슴이 서늘해진다. 수액이 떨어지는 걸 계속 바라보고 있으려니 갑자기 오줌이 몹시 마렵다.

　세완의 일그러진 얼굴이 코앞까지 다가와 눈을 맞추려 한다. 나도 눈동자를 세완에게 맞춰보려 애쓰며 눈을 가늘게 뜨니 붉은 꼭짓점이 휙 날아간다. 수액이 흘러 들어가는 손등에 통각이 되살아난다. 기억이 환상통으로 남아 사라지지 않는다. *째깍째깍……*, 벽시계의 초침 소리가 점점 더 크게 들려온다.

몸이 마음처럼 자유롭게 움직여지지 않으니 그동안 못했던 말이라도 실컷 해보고 싶다. 그러나 목소리마저 시원하게 나오지 않는다. 기도에 이물질이 꽉 막힌 것처럼 거북살스럽다. 하고 싶은 말들을 너무 많이 삼킨 탓인가.

마음의 갈피에 차곡차곡 쌓여있던 기억을 꺼내려고 하자 의지와는 상관없이, 말이 마구 터져 나오기 시작한다. 무슨 말을 하고 있는지도 알 수가 없다. 기억의 미세한 틈새마다 강력접착제라도 들이붓고 싶다. 의식의 저 밑바닥에서부터 올라오는 말을 멈출 수가 없다. 그동안 무수히 삼켰던 말들이 토하듯 쏟아져 나온다.

"오빠, 엄만 인색할 정도로 말이 없던 사람인데, 왜 이렇게 한꺼번에 많이 하는 걸까. 이러다가 기억이 몽땅 사라지면 설마 우리도 못 알아보는 건 아니겠지?"

"어쩜 그게 엄마의 가장 온전하고 순수한 기억, 진짜 하고 싶은 말일 수도 있지. 지금 엄마가 하는 말은 오랜 세월, 상처와 마음이 서로 부대끼다가 터져 나오는 넋두리라는 생각이 들어."

 마음 한편으로 다시 서걱서걱하고 거친 모래바람이 휩쓸고 지나간다. 붉은 꼭짓점도 휙 날아간다. 그 점을 잡으려 양팔을 허우적거린다. 기억이 빠져나갈수록 그 흔적이라도 잡아보려고 꼭짓점을 따라 팔다리를 버둥거린다. 붉은 꼭짓점이 마지막으로 남은 기억의 닻인 것처럼 집착한다. 돌이켜보니 좋았던 시간이 더 많았다. 그러나 기억의 중심은 항상 5층 음악실에만 머물러 있었다. 그곳에 닻을 내리고 상처만 계속 되새기며 만지작거렸다.

 세완은 더 늦기 전에 무슨 말인가 하고 싶은 듯하다. 앞으로 기회가 없을지도 모른다고 판단했는지, 마치 기억을 붙잡기라도 할 듯 내 야윈 손목을 움켜쥔다. 나는 주사기 바늘을 빼 던지고 세완마저 뿌리치며 창가로 다가간다. 가쁜 숨을 몰아쉴 때마다 숨결과 함께 기억도 야금야금 사라져간다. 날숨에 걱정과 불안을 털어내고 들숨에는 기억을 불러들이고 싶다. 나는 하나, 둘, 빠져나가던 머리카락 한 오라기가 그물에 걸려 나부끼는 걸 바라본다. 그 머리카락에 뒤엉켜 있는 기억을 풀어보려고 안간힘을 쓴다.

고등학생인 세완이 유난히 붉은 달을 바라보며 말한다.
엄마, 6월의 저 보름달을 스트로베리 문이라고 부른대요. 인디언은 딸기 수확 철에 저 붉은 달을 바라보며 소원을 빈다는데, 난 무엇이 되고 싶다, 되고 싶다, 되고 싶다, 간절하게 기도하면 이루어진다고…….
뭐가 되고 싶은데?
노래하는 사람이 되고 싶어, 새처럼.
네가? 초등 합창대회 때 솔로 파트에서, 목소리 갈라져서 울던 네가?

세완이 무슨 말을 하고 싶어 망설였는지, 왜 저작료 이야기를 되풀이했는지 이젠 알 것 같다. 아들이 갇힌 기억의 덫을 이제야 깨닫는다. 경섭에게도 그랬듯이, 나는 준 상처는 기억하지 못하고 받은 상처만 오래오래 곱씹으며 되새겼다. 늦기 전에, 더 늦기 전에 아들이 갇혀 있는 덫을 풀어주어야 한다. 그러나 옆을 돌아보니 세완은 보이지 않고, 두 남녀가 날 부축하듯 바싹 붙어 서 있다. 시간이 많이 남지 않았다.

경섭에게 하지 못했던 사과까지 세완에게 하고 싶다.

'이 사람들은 언제부터 여기 있었지?'

처음 보는 사람인데도 뭔가 모를 익숙함이 느껴진다. 그러나 전혀 기억에 없는 두 남녀가 자꾸 나에게 엄마, 엄마, 부르며 보채는 것이 귀찮아 고함이라도 지르고 싶다. 이 사람들에게 지금 내가 찾고 있는 아들 좀 만나게 해달라고 부탁하려는데, 갑자기 이름이 생각나지 않는다. 조금 전까지도 부른 것 같은데, 뭐였지? 혀끝에서 뱅뱅 맴도는 이름, 수십, 수백만 번도 더 불렀을 그 이름이 기억나지 않는다.

'그런데 엄마, 내 엄마는 어딜 갔어?'

나는 엄마를 찾아 두리번거린다. 내가 아주 조그만 어린 아이였을 때, 엄마가 날 화장실로 데려가 쪼그려 앉히고 입으로 쉬, 쉬, 해주면 시원하게 쉬를 할 수 있었던 것이 나의 첫 기억이다. 그러나 어디에도 엄마는 보이지 않고 나는 지금 몹시 급하다. 다급하게 엄마를 불러본다.

"엄마, 엄마!"

문득 아랫도리가 따뜻하다. 허벅지를 거쳐 발등까지 뜨뜻해진다. 어릴 때처럼 시원하다. 몸도 가뿐하고 기분까지 좋다. 살랑살랑 춤이라도 추고 싶다. 엉덩이를 조금씩 좌우로 흔들어본다. 팔도 날개처럼 위아래로 저어본다. 발레리나처럼 발도 사뿐사뿐 내디딘다. 손짓 하나, 걸음 하나에 밀도가 다른 온갖 기억들이 서로 다른 방향으로 반사되어 프리즘을 통과한 빛처럼 흩어진다. 그 틈새로 색연필이 어룽거린다. 색연필이 각각의 색채를 뽐내며 날아다닌다.

'색연필이 왜 이렇게 많아?'

이제 난 거칠 것이 없다. 모든 걱정과 불안이 바람에 휩쓸리고 사라져 기억의 저장고엔 흔적조차 남아 있지 않다. 기억이 곧 나이고 내 삶이었는데 '나'가 사라져가고 있다. 나는 창문을 활짝 열어젖히고 노래를 부르기 시작한다.

–세모시 옥색 치마 금박물린 저 댕기가

 창공을 차고 나가 바람결에 나부낀다…….

지금까지 불러보지 못했던, 마음에서 오랜 시간 부대껴 직선이 곡선 되고 뾰족한 모서리가 둥글어진 노래가 흘러나온다. 나는 바람결에 나부끼다가 결국엔 바람이 될 것이다. 더는 '나'를 기억할 수 없을 것이다.

–제비도 놀란 양, 나래 쉬고 보더라.

드디어 끝까지 불러본다. 선율은 이음줄을 지나 늘임표와 겹 앞꾸밈음에서 절정을 찍고, 크레셴도에서 데크레셴도로,

다시 늘임표와 크레셴도를 넘나들며 물결 흐르듯 이어진다. 이젠 나도 쉴 수 있을 것 같다. 그래도 한 번 더 불러봐야겠다. 한 번만 더 불러보고 싶다. 이번엔 더 잘 부를 수 있을 것이다. 다시 부르고 싶은데……, 처음에 어떻게 시작하는지 기억이 나질 않는다.

박수 소리가 들린다. 관객의 박수 소릴 듣고 나서야 머리를 깊이 숙여 인사한다. 관객은 오직 두 남녀뿐이지만 박수가 길게, 아주 길게 이어진다. 두 사람은 내 노래에 깊은 감명을 받았는지 눈물까지 글썽인다. 끝내 여자는 눈물을 닦아낸다.

두 남녀에게서 시선을 거둔 나는, 마침내 구름 사이를 나부끼는 바람이 된다. 숨어서 머뭇거리던 보름달이 구름을 헤치고 둥실 떠오른다. 나는 좀 더 멀리, 좀 더 높이 날고 싶어 닻줄을 끊어야겠다고 생각한다. 그러나 닻줄은 내가 끊기도 전에 스르르 풀려버린다.

*

아침, 머리를 빗으니 머리카락이 우수수 떨어져 발 옆에 소복하게 쌓인다. 아직도 빠질 머리카락이 남아 있다는 게 신기하다. 그깟 머리카락쯤이야 없어도 그만이다. 그래도 아직은 남아 있으니 정성스레 머리를 빗는다. 그리고 지푸라기 같은 머리카락 몇 오라기 휘날리며 나는 지금, 멀리 마실 가는 중이다. 이번엔 나를 엄마라고 귀찮게 불러대며 잔소리를 늘어놓는 두 사람이 영영 나를 찾지 못했으면 좋겠다.

코로나 시대의
기적

D가 떠났다.

영어 강사들의 소통 공간인 인터넷 카페에 들어가니 회원수 20이 19로 바뀌어 있다. 레몬차를 마시던 상큼한 혀의 돌기들이 씁쓰레하게 바뀐다. 숫자를 뚫어지게 바라보며 손거스러미를 잡아 뜯는다. 손톱 옆 오목하게 패인 자리로 아릿한 통각이 밀려온다. 손톱 옆면과 피부 사이의 잘 보이지도 않는 상처이건만 온 신경이 와글와글 모여든다.

D의 흔적도 함께 사라졌다.

D가 올렸던 원글은 물론 댓글과 심지어 느낌표나 쉼표 같은 문장부호 하나도 남아 있지 않다. 지금까지 이 공간에 함께 있기는 했던 걸까, 의심이 들 지경이다. D가 꿈꾸는 것

을 나도 마음 한 귀퉁이에 소망으로 간직하고 있다. D는 시험 문제의 지문이 아닌, 언젠간 내 글을 쓰고 싶다는 글을 영작하여 카페에 올리곤 한다. 그러나 '매일 한 문단 영작하기' 메뉴에도 D의 글은 몽땅 삭제되고 없다.

코로나바이러스가 우리 삶에 끼어들기 전 우린 한 달에 한 번씩 만나서 강사로서의 삶과 꿈을 이야기하며 술을 마시곤 했다. 그러나 팬데믹 시대가 열리면서 화상으로 만나게 되었다. 맥주든 와인이든 커피든 각자 마시고 싶은 음료를 앞에 놓고 거리두기를 지켰다.

어젯밤 비대면 모임에서도 삶이냐, 꿈이냐, 약간의 실랑이가 있었으나 종종 벌어지는 해프닝으로 선을 넘는 단계는 아니었다. 현실을 이야기하면 꿈이 손거스러미처럼 거슬렸고, 꿈을 이야기하면 삶이 코웃음 치며 비웃는 듯했다.

D는 요즘 지치고 뭔가에 쫓기는 것처럼 허둥대며 초조해 보였다. 그때 손을 잡거나 어깨를 토닥이며 '괜찮아, 다 잘 될 거야.'라고 말할 수 있었다면 D는 떠나지 않았을 것이다. 속으론 잘되지 않을 걸 뻔히 알면서도 서로의 숨결을 느낄 수 있는 동안만이라도 괜찮을 수 있었다. 그렇게 밥벌이의 고단함을 다독이고 어루만지며 위로를 주고받곤 했다.

우리의 대화는 초고속 인터넷에 의하여 LTE 속도로 전달되었지만 따뜻한 위로의 손길까지 가닿지는 못했다. 술을 건넬 수도 잔을 부딪칠 수도 없었다. 결국 코로나바이러스로 인하여 인간관계의 거리 조절에 실패하고 말았다.

난 갑자기 방향을 잃은 듯이 휘청인다. D는 내 꿈의 나침반이며 삶의 방향이기도 하다. 마음을 샅샅이 비추어 반사해주던 거울이 퍼즐 조각처럼 쪼개지며 귀퉁이가 툭 떨어진다. 부서진 한 조각을 주워 손에 꼭 쥐고 거울을 바라본다. 깨진 거울 조각의 예리한 모서리가 가슴 깊숙이 파고들며 에인다.

*

0시 19분에 별거 중인 남편, 스완의 전화를 받았다. 스완은 딸 지유에게 선물할 시계를 환승객 대기실에서 전해주겠다고 했다. 그리스에서 출발하여 인천공항을 거쳐 베트남으로 갈 계획이라고, 공항에서 만나자며 전화를 끊었다. 하필 신혼여행을 갔던 그리스라니, 그날 몹시 추웠던 기억이 떠올랐다.

그곳에서 예물 시계를 잃어버렸다. 결혼 예물로 다른 건다 필요 없고 피아제폴로 시계 하나면 된다고 할 때부터 알아차렸어야 했다. '그래, 다 필요 없고 시계 하나면 된다니, 그쯤이야 해줄 수 있지.'라고 생각하며 가볍게 고개를 끄덕였다. 그러나 그가 원하는 피아제폴로 시계의 가격을 알고 보니, 그 돈이면 내가 생각했던 다른 걸 모두 해주고도 남을 만큼 그레잇한 시계였다. 그 대단한 시계를 찾으려 눅눅한 부둣가의 경찰서에서 허니문의 첫날 밤을 보냈다. 보송보송하던 일상에 축축하게 습기가 스며들기 시작했다.

인천공항으로 가는 길은 꼬리에 꼬리를 무는 듯한 자동차의 행렬이 끝없이 이어진다. 꼬리를 무는 듯하다가 정말 꼬리를 물어버린 충돌 사고를 세 건이나 목격한다. 기다리기라도 한 듯 재빠르게 사이렌을 울리고, 빨간 불을 번쩍이며 등장하는 견인차들 때문에 직선으로 달리던 자동차들이 꿈틀꿈틀 곡선을 그리며 휘어진다. 휜 곡선을 뚫고 끼어드는 또 다른 자동차로 인하여 도로는 그야말로 꽈배기 도넛처럼 꼬이고 있다.

나는 오른발로 브레이크를 밟으며 왼손으론 창문을 반복해서 여닫는다. 싸늘한 공기가 밀려 들어와 부질없는 생각으로 어지러운 이마를 조금이나마 식혀준다. 공항 주차장에

도착한 후에는 길게 이어진 알파벳 표지판 사이를 다섯 바퀴나 돈 후에야 간신히 빈 자리를 발견한다. 몰래 차를 버리고 도망이라도 가고 싶을 만큼 초조하다. 스완을 태운 베트남행 비행기가 곧 떠날 것만 같다.

차에서 내리자마자 뛴다. 숨이 차오르고 입김이 쉴 새 없이 뿜어져 나와 마스크가 금방 눅눅해진다. 입김이 안경에도 서려 눈앞이 뿌옇다. 횡단보도의 흰 가로줄이 덜 마른 수채화처럼 번지며 경계가 뭉개져 보인다. 주머니 속의 휴대폰까지 빨리 받으라는 듯 방정맞게 제 몸을 떨며 보챈다.

입구에 들어서자 다짜고짜 보안요원을 붙잡고 환승객 대기실이 어디냐고 묻는다. 그는 바쁠 것 하나도 없다는 듯 느직한 손짓으로 위층을 가리킨다. 하긴 나 같은 방문객마다 다 속도를 맞춰주려면 그는 마라톤 선수가 되어도 부족할 것이다. 공항에 온 사람 치고 바쁘지 않은 사람이 어디 있을까 싶다.

에스컬레이터 위에서도 뛴다. 바닥이 미끄러워 나뒹굴 듯 휘청거리면서도 달린다. 위로, 위를 향하여 올라가야만 한다. 사고가 나기 기다렸다는 듯이 달려드는 견인차처럼, 잠시라도 멈칫했다가는 누군가 먹이를 채가고 없다. 이렇게 쉴 새 없이 뛰어도 살아남기 힘든, 경쟁 사회는 야생의 정글보다도 더, 규칙도 없고 양심은 저당 잡힌 지 오래다.

이만큼이라도 자리를 잡기까지 5년 동안 끊임없이 달리고 비틀대며 고꾸라졌다. 뒤늦게 나를 찾아가는 과정이었다. 그래도 D만은 꽉 움켜쥐고 놓치지 않으려 애썼다. D만이 버티게 하는 힘이었다. 꿈은 책상 맨 아래 서랍의 밑바닥에 넣어두고 싸움닭처럼 독기 어린 눈으로 현실을 쏘아보았다.

대기실의 두꺼운 유리문이 달려온 가속도로 인하여 이마의 정중앙을 찍으며 활짝 열린다. 순간 머릿속이 종처럼 울려 퍼진다. 잠시 서서 진동이 잦아들기를 기다리는데 잇달아 유리문이 급하게 열리며 뒤통수를 친다. 예상치 못한 뒤통수의 충격에 얼떨떨하다. 스완도 항상 이런 식으로 뒤통수를 치곤 했다.

"그렇게 부르는데, 안 들려요?"

조금 전에 만났던 보안요원이 QR코드를 찍으라며 태블릿을 바짝 들이대고 동시에 체온계로 이마 정중앙을 필요 이상으로 세게 누른다. 급하게 쫓아오느라 감정이 살짝 격해진 것 같다. 유리문에 부딪힌 이마가 뜨끔하며 뒤통수까지 저릿하다.

 번잡스러운 광경을, 결이 반지르르한 푸른색 반소매 셔츠를 입은 스완이 비스듬히 누워 바라보고 있다. 셔츠 왼쪽 가슴에 그려진 야자수 아래에서 여름 휴가라도 즐기고 있는 것처럼 느긋해 보인다. 헐레벌떡 달려온 내가 뻘쭘할 지경이다.

 쩍 벌린 두 다리가 안마용 의자의 진동으로 인하여 덜덜덜 흔들린다. 적당한 바지통 아래로 깔 맞춤한 별 무늬 양말이 너무 도드라져 눈에 거슬린다. 아침마다 수십 켤레의 양말을 헤집으며 의상과 어울리는 걸 고르던 스완, 그는 마흔이 넘도록 저 유치한 취향을 아직도 패션센스라고 착각하고 있는 듯하다. 20대에서 정서적인 성장을 멈춘 마흔셋의 키덜트, 몸과 마음이 조화롭지 못하고 껍데기만 청춘임을 고집하는 모습이 안쓰럽기까지 하다.

 줄줄이 소시지를 연상케 하는 올록볼록한 인디핑크 패딩에 스카프까지 둘둘 감고, 가쁜 숨을 몰아쉬며 서 있는 나를 정면의 대형 거울이 반사하여 보여준다. 입김이 턱으로 흘러내려 뺨까지 축축하다. 눅눅하게 습기를 머금은 마스크에서 내뿜는 알싸한 소독약 냄새가 입안 가득 고인다.

스완은 언제나 그랬듯이 호수 위의 백조처럼 여유로워 보인다. 그는 어떤 상황에서도 바쁠 것도 없고 안 되는 일도 없는 사람이다. 이런 그를 난 스완이라고 부른다. 물론 실제로 그렇게 부르지는 않는다.

　그가 스완일 때 난 한적하게 유영하는 백조의 부지런한 다리였다. 네 개의 팔과 다리로 끊임없이 노를 저어야만 했다. 숨이 정수리까지 차오르게 자맥질하며 살아남기 위해 허덕였다. 그래도 D가 있어 숨 쉴 틈이 있었다. D를 바라보며 나도 꿈꿀 수 있었다.

　마치 제집 안방처럼 편안하게 누워 있던 스완이 천천히 안마 의자에서 일어난다.

　"할머님에게 얼굴 좀 보여주고, 지유도 만나고 가면 좋잖아."

　말하는 도중에 난 이미 입을 틀어막고 싶다. 속에만 담아두어야 하는데 의지와 상관없이 튀어나오는 말들이 있다. 이건 정말, 내가 참견할 일이 아니다. 아직도 헤어지는 연습이 충분하지 못한 것 같다.

　"그러면 며칠 격리해야 하잖아. 덥지 않아?"

　나는 휴대폰을 테이블 위에 내려놓고 스카프를 둘둘 말아

백에 넣는다.

"시켈 지유가 사달라고 했어?"

"그냥, 쇼핑하다가 눈에 띄어서 샀지."

"초등 2학년한테 너무 과한 거 아니야? 지난번 코트도 그렇고."

"이번 베트남 건만 잘 성사되면 당신에게도 목걸이 하나 선물할게."

"베트남이 떼돈을 안겨줄 거라고, 아직도 믿어? 할머님 지갑이 베트남은 아니고?"

왜 이렇게 거리 조절이 안 될까. 나도 모르게 또 선을 넘고 있다. 대화가 더 길게 이어지다간 싸움으로 번질 게 뻔하다. 이젠 그와 부부싸움을 할 이유도, 명분도 없다. 부부싸움을 안 하는 비결은 남편과 아예 대화를 나누지 않으면 된다는, 이혼조정관의 우습고도 서글픈 조언이 생각난다. 어쨌든 우리는 곧 부부가 아니게 될 테니까, 할머니 지갑을 털든 은행을 털든 상관할 바가 아니다.

"얼마나 번다고 항상 그렇게 바빠? 돈 좀 줄까?"

스완도 슬쩍슬쩍 선을 넘어서고 있다. 선을 긋기는 쉬워도 그 거리를 지키는 건 그리 녹록한 일이 아니다. 서로의

선이 일치하지 않을 땐 그 거리를 측정하고 합의하여 또 다른 선을 그어야 한다. 수많은 선과 선 사이를 교묘하게 줄타기하며 살다 보니 적당하게 떨어져 있어야 아름답다는 말에 깊이 공감하게 된다.

일부러 더 느릿하게 선물을 건네는 듯한 그에게서 상자를 빼앗듯이 낚아채어 스카프 사이에 아무렇게나 쑤셔 넣는다. 그와 마주하는 시간의 면적을 조금이라도 줄이고 싶다. 두꺼운 유리문이 그의 마지막 말을 잘라먹는다.

"가정법원이 양재동 맞지? 다음 주 월요일에 꼭……."

뻔히 알고 있으면서도 '그거 맞지?' 하는 스완의 화법에 인내심이 바닥을 드러내며 폭발할 것 같다. 싫다고 생각하니 말꼬리에 의미 없이 달린 토씨 하나, 숨소리까지도 거슬린다. 그와 오간 대화를 빨리 털어버리려는 듯 손을 벅벅 문질러 닦으며 거울을 보니 이마 한가운데가 벌겋게 부어오르고 있다. 앞머리를 억지로 끌어내려 이마를 덮는다. 밖으로 나오니 바람이 불어 앞머리가 다시 쫙 갈라진다. 백에서 스카프를 꺼내어 두른다. 말을 많이 하는 직업이니 목을 보호해야 한다. 효과가 있는지는 그닥 모르겠으나 배도라지 즙도 항상 가지고 다닌다.

주차한 장소로 다가간다. F, 아니었나? E였나? G인가? 주차할 때처럼 E, F, G, H사이를 맴돈다. 주차할 때와 똑같은 경로로 다시 헤매고 있다. 넓은 주차장에 차를 세울 때는 꼭 표지판을 카메라로 찍는다는 친구의 말에 까르르 웃었던 기억이 떠오른다. 노트북과 보온병과 강의 때 입을 단정한 재킷과 공강 시간에 잠시라도 쪽잠을 청할 때 필요한 미니 담요 등을 싣고 있는 자동차, 곧 찾을 수 있을 거야. 그러나 D는 영원히 다시 만날 수 없을지도 모른다는 생각이 문득 스쳐 지나간다.

자동차는 주차장을 꽉 메워 빈틈 하나 없는데 사람은 그림자조차 찾아볼 수가 없다. 누군가를 마중하고, 또는 누군가와 이별하기 위하여 여기까지 달려온 사람들은 모두 어디로 사라졌을까. 그림자도 남기고 싶지 않은 인간관계가 있기는 하다. 그림자조차 샅샅이 거둬들여 지워버리고 싶은 관계, 하긴 인연에도 유효기간이 있다. 시절 인연, 시간과 공간이 조화롭게 하나가 될 때 인연도 유지되는 것이다.

칼바람 부는 낯선 벌판 한가운데 서 있으니 발 딛는 곳마다 스펀지처럼 푹푹 빠져드는 것 같다. 발걸음을 떼어놓기가 힘에 부친다. 속도 체한 것처럼 메슥거린다. 이런 상황,

지금 이 장면을 언젠가 꿈에서도 경험한 적이 있다. 누가 날 빨리 깨워줬으면, 꿈에서 깨어나면 따뜻하고 사각사각한 하얀 이불 위였으면 좋겠다.

　기온은 점점 더 내려가고 매서운 바람과 함께 싸락눈까지 흩날린다. 이러다간 정말 길을 잃을 것만 같다. E, F, G, H, 표지판 사이를 세 바퀴나 돈 다음에야 겨우 차를 발견한다. 차는 처음부터 그 자리에 있었을 것이고 나만 다람쥐 쳇바퀴 돌 듯 맴돌았을 뿐이다. 다람쥐도 의미 없는 줄 알면서도 심심하고 외로워서 그냥 그렇게 도는 것이라고, 농담인지 진담인지 모를 말을 들은 적이 있다.

　자동차는 겨우 찾았으나 모든 에너지가 소진되어 내가 타인처럼 낯설게 느껴진다. 목구멍에서는 몸속 온갖 노폐물이 서로 먼저 빠져나가려고 아우성치는 듯 코를 통하여 단내가 훅 올라온다. 숨이 차 헉헉대면서 사람 하나 없는 야외주차장에서도 습관적으로 마스크를 한 내가 어처구니없다. 마스크를 벗자 텁텁한 입냄새가 공기 중으로 흩어진다. 스완과 나 사이는 해로운 에너지로 연결되어 있는 것이 분명하다. 이걸 악연이라고 하는 건가, 궁합 탓이라도 하고 싶은 심정이다.

서울로 돌아오는 길엔 이미 짧은 겨울 해가 저물고 있다. 싸락눈이 덩이가 커지면서 함박눈이 되어 도롯가에 쌓인다. 그 사이로 염화칼슘을 실은 대형 트럭들이 줄지어 달려간다. 차가 막혀 멍해지는 시간이 잦아지니 D의 잔상이 자꾸 들락거린다.

난 D를 나의 거울이라고 여겼으나 D에게 난, 인기강사가 되고 싶은 하고많은 강사 중 하나일 뿐이었다는 생각이 든다. 그건 사실이다. 난 돈을 벌어야 한다. 그렇다고 D를 잃을 순 없다. 현실이 코웃음을 치며 비웃는다 해도 D는 나의 마지막 보루, 건드리면 소스라치게 아픈 손가락이다.

내리는 함박눈 사이로 D의 커다란 눈망울이 어룽거린다. 눈망울이 여러 개가 되어 겹쳐져 흔들린다. 눈망울이 점점 늘어난다. 창문을 여니 눈이 안경 렌즈에 부딪혀 액체가 되어 흘러내린다. 눈가에도 물기가 고이는 것 같아 안경 안쪽으로 손가락을 넣어 문지른다. 손으로 눈을 만지는 건 코로나바이러스를 옮기는 지름길이라는 경고가 떠오른다. 얼른 소독 젤을 듬뿍 짜서 손에 바르고 핸들에도 문지른다. 수업은 보조강사에게 부탁했으니 빨리 뜨거운 욕조에 몸을 담근 후 쉬고 싶은 생각뿐이다. 보조강사는 모처럼 얻은 기회에 존재감을 드러내기 위하여 온갖 아이디어를 짜내고 있을 것이다.

나도 그렇게 시작했다. 다들 다른 길, 새로운 길을 원하면서도 걷다 보면 모두 같은 길을 걸어가고 있다. 남들이 가지 않는 길을 선택했다가 홀로 길을 잃고 헤매게 될까 두려워서, 다들 적당히 타협하며 별일 없는 듯 잘 살아가고 있는 것처럼 보인다.

*
"시계 어딨어?"

지유가 백을 뒤적이며 묻는다. 아직 덜 깬 잠이 너무 아쉬워 조금만 더 자려고 손가락으로 가리키며 돌아눕는다.

"백? 없는데?"

바닥을 뚫고 들어갈 것처럼 쳐지는 몸을 겨우 일으킨다. 감기 기운이 들었는지 온몸이 으슬으슬하다. 요즘엔 동료들끼리도 '감기인가, 몸이 찌뿌둥하고 목이 칼칼하네.' 같은 하소연마저도 조심스럽다. 목소리를 가다듬으려는 헛기침마저도 눈치를 보게 된다.

"있을 거야."

직접 찾아보라는 듯 백을 베개 위에 올려놓는다. 누운 채 백에 손을 넣어 휘휘 저어 본다. 덜 깬 잠이 화들짝 놀라 도망간다. 벌떡 일어나 침대에서 현관까지 지나왔을 동선을 되짚어 본다. 화장대와 식탁 아래와 침대 밑까지 코를 박고 들여다 봐도, 역시 보이지 않는다.

'아, 차에 놓고…….'

잠옷 위에 패딩만 걸치고 엘리베이터를 탄다. 903호 남자의 눈길이 곱지 않다. 저 남자는 뭐가 그리 못마땅한지 항상 미간을 찌푸리고 다닌다. 가로로 세 개의 줄이 고랑처럼 선명하게 패여 있다. 요즘은 마스크 덕분에 남자의 비웃는 듯한 입매를 안 봐도 돼서 그나마 다행이다. 남자는 지금도 마스크 뒤에서 입술을 비틀며 웃고 있을 것이다.

나 역시 억지로 호의적인 미소를 지을 필요가 없어서 편하다. 마스크로 가려져 보이지 않을 테니 뜬금없는 객기가 발동한다. 이건 용기가 아니라 얼굴 없는 익명성이 주는 만용과 다를 바 없다. 나도 남자를 따라서 입술을 비틀며 과감하게 웃어 본다. 남자의 어이없는 표정이 눈초리만으로도 읽힌다.

주차장으로 내려가니 어린이집 통원 버스를 기다리는 아

이들의 재잘거리는 소리가 지하 주차장에 가득 울려 퍼진다. 학교나 학원은 비대면 수업을 해도 아이들 돌봄까지 비대면으로 할 수는 없겠지. 마스크를 한 얼굴이 앙증맞고 귀엽기도 하면서 안쓰럽다.

"저기, 저 아줌마 마스크 안 했어요!"

한 아이가 소리치자 모두 내 쪽으로 시선을 돌린다. 뒤에 누가 있나? 누가 마스크도 안 하고? 돌아보지만 아무도 없다. 나? 입을 틀어막고 자동차를 향해 달린다. 아, 엘리베이터에서 불만이 가득 담긴 눈초리의 903호 남자, 쥐구멍이라도 있으면 기어들어가 입구를 막아버리고 싶다. 마스크를 안 한 것이 마치 속옷인 채로 나다닌 것처럼 부끄럽다. 아니 마스크보다도, 비웃는 듯한 입매를 흉내 낸 것이 더욱 민망하다.

자동차 안을 두리번거린다. 조수석엔 노트북과 보온병과 마스크 등이 어지럽게 널려 있고, 그 옆으로 똬리를 튼 스카프가 보인다.

'아, 어제 스카프 사이로 시계를……'

스카프를 뒤적이지만 없다. 조수석 아래에 정수리를 박고 들여다보고, 운전석 근처도 샅샅이 뒤지고, 뒷좌석까지 훑어도 역시 보이지 않는다. 머릿속이 안개가 낀 것처럼 뿌옇게 흐려진다.

다들 D와는 연락이 끊겼다고 했다. 대화방에서도 나가겠다는 언질은커녕 인사도 없이 D는 사라졌다. 그래, 그때였을 것이다. D와 나 사이를 연결하는 질긴 듯하면서도 여린 끈이 툭 끊어지는 소리가 분명 들렸다. 그러나 그 소리가 그 소리인 줄, 그땐 몰랐다.

공항 로비에서 밖으로 나올 때 찬바람이 훅 불어닥쳤고, 백에서 스카프를 꺼내 목에 둘둘……, 그래, 그때였을 것이다. 뭔가 툭 떨어지는 소리가 분명 들렸다. 그러나 나와는 상관없는 일이라며 무시하고 그냥 지나쳤다.

사람들이 연신 조잘대며 지나갔고, 2미터 거리두기에도 불구하고 호들갑스럽게 얼싸안는 사람들도 있었고, 캐리어 끄는 소리가 덜덜거렸고, 도로엔 이중 삼중으로 주차된 자동차 사이를 또 다른 자동차가 곡예를 하듯 빠져나가며 클랙슨을 울려댔다. 그때 뭔가 툭 떨어지는 소리가 분명 들렸다. 그러나 그 소리가 그 소리인 줄, 그땐 미처 몰랐다.

사라진 시계로 인하여 잃어버린 시간은 피아제폴로 시계 하나면 충분했다. 사실 그 시계는 잃어버린 것이 아니라 결혼식 며칠 전, 스완이 도박 빚 대신 맞바꾼 걸 한참 지난 후에야 알게 되었다. 그는 그리스 부둣가의 쪽빛 풍광을 배경으로 시나리오를 쓰고 배우 뺨칠 연기를 펼친 것이다. 찬란하던 새파란 하늘이 퍼즐 조각처럼 산산이 쪼개져 검푸른 바다로, 먼 바다로 떠내려갔다. 시커멓게 조각 난 내 마음도 스완에게서 멀리 떨어져 표류하기 시작했다.

나에게도 스완을 그의 이름 그대로 '이기완 씨'라고 부르던 시절이 있었다. 그가 대학교를 졸업하고 무역회사에 입사했을 무렵에 우린 친구의 소개로 만났다. 난 사립중학교에서 영어를 가르치고 있었고, 그는 정치와 사회 현상을 날카로운 시각으로 비판하고 토론하는 영어 스피치대회에서 두각을 나타내며 사내 에이스로 급부상했다.

봉사 활동에도 진심이었던 그는 토요일이면 달동네의 좁고 가파른 골목에서 연탄을 배달하고, 뺨에 검은 얼룩이 묻은 것도 모른 채 카메라 앞에서 천진하게 웃기도 했다. 때론 보육원에서 아기들 목욕을 도와주고 초여름의 햇볕을 배경으로 젖은 빨래를 힘차게 탁탁 털어 널기도 했다. 내가 만일 그를 좋아했다면 그때, 6월의 햇살을 받으며 사방으로 흩어지던 물방울의 부력 때문이었을 것이다.

그가 물방울처럼 튀어 오르는 부력으로 존재하는 사람이라면 난 땅 위에 단단하게 뿌리 내린 나무가 되고 싶은 사람이었다. 그의 부력과 나의 중력이 만난다면 가장 이상적인 관계가 되리라 꿈꾸며 그에게 조금씩 다가갔다. 좀 더 정확하게, 솔직하게 표현하자면 사랑했다기보다는 놓치고 싶지 않았다.

퇴사하고 사업을 시작하면서 그는 변해갔다. 더 많은 돈을 벌려면 더 많은 밑천이 필요하다고, 돈이 돈을 버는 것이라며 그는 바람을 잔뜩 불어넣은 풍선처럼 들떠 있었다. 풍선이 바람의 무게를 견디지 못하여 갈 길을 잃고 떠돌다가, 도박장 근처까지 밀려가 표류하고 있는 것도 모르고 난 결혼을 서둘렀다.

스피치대회에서 우승한 그의 말솜씨가 투자자가 아닌, 하필이면 집안의 돈줄인 시할머니에게 통했다. 가문의 대를 이을 종가의 유일한 손자인 스완은 할머니에게 끊임없이 사업자금을 받아냈다. 할머니는 이번 한 번만, 한 번만, 이젠 정말 마지막으로 한 번만이 세 번, 네 번, 다섯 번이 되도록 손자에게 사기를 당하고 있었다. 할머니 아들들의 불만이 잘 숙성되고 있는 빵 반죽처럼 불끈불끈 솟아올랐다. 차라리 다른 사람에게 사기를 치든 협잡을 하는 게 낫지, 이건 아니다 싶었다.

공항에 분실신고를 해야 하니 현관문을 열며 휴대폰부터 찾는다.

"지유야, 엄마에게 전화 좀 해 줘. 폰이 안 보여."

무음으로 설정된 휴대폰의 떨림을 찾아내려 낮은 포복으로 바닥을 기어다닌다. 도무지 진동이 감지되지 않는다. 귀를 바닥에 붙이고 온 집안을 팔꿈치와 무릎으로 긴다.

D를 향한 미련에서 벗어날 수가 없다. 우린 영어 단어나 숙어만 달달 외우게 하는 강사가 아니라 마음속 온도까지 나눌 수 있는 따뜻한 멘토가 되자고 다짐했다. 내가 대치동 학원가를 어슬렁거리며 유명강사 자리를 넘볼 때, D는 아름다운 영어 지문을 쓰고 창의적인 오지선다형 문제를 연구했다. 내가 혀끝으로만 나불대며 온갖 찍기의 요령을 가르치고 학부모들을 향하여 입꼬리를 끌어올리며 웃는 동안, D는 학생들과 함께 영시를 낭송했다.

"왜 아빠가 전화를 받아?"

동작을 멈추고 지유의 목소리에 귀를 기울인다.

"엄마 폰을 아빠가? 왜? 엄마가 테이블 위에 놓고 간 걸 모르고……, 응……, 테이블 위에 있는 걸 모두 캐리어에 쓸어 담고 비행기를 탔다는 거지요? 그러니까 엄마 폰이 지금 베트남에 있다는 거네……."

*

 돌아오는 월요일, 스완은 법원에서 만나 휴대폰을 돌려주겠다고 한다. 부부임을 증명하는 서류를 보여주고 로밍까지 했다니, 난 발가벗고 그 앞에 서 있는 듯한 수치심을 느끼지만 기다리는 것 외엔 달리 방법이 없다. 온오프의 모든 인간관계, 쇼핑 목록, 카드 사용처와 금액, 공인인증서, 일기와 스케줄과 메일까지 모두 그의 손바닥 안에 있다. 운전면허증과 신용카드도 휴대폰 커버에 끼워져 있다. 휴대폰이 없으니 내 존재가 통째로 사라진 것만 같다. 나의 모든 것이 휴대폰에 저장되어 있다는 걸 새삼 깨닫는다.
 새벽부터 비대면 수업이 있어 서둘러 학원에 도착한다.
 처음엔 화상 강의가 편하리라 생각했으나 막상 해보니 그렇지도 않았다. 대면 수업에서는 조잘조잘 말도 많던 학생들이 입을 꾹 닫아버렸다. 엉뚱한 장난과 질문으로 날 당황스럽게 하던 학생도 비대면 수업에서는 네, 아니요, 그것도 몇 번씩 다그치듯 캐물어야 마지못해 대답했다. 3초도 안 되게 기다리는 시간이 3분처럼 길게 느껴지고 뭔가 구걸하는 느낌마저 들었다.

어제도 보조강사가 '김선호 학생, 오디오 켜고 질문하세요.'라고 세 번이나 부탁했으나 김선호는 오디오를 켜는 대신 질문을 포기하는 걸 선택했다. 강사들은 화상 수업을 효율적으로 할 수 있는 비결이라며 학생들의 입을 열게 하는 방법을 서로 주고받았으나 별 효과는 없었다.

바쁘게 걸음을 옮기는데 건물 입구의 경비원이 막아선다.

"여긴 학생들이 많이 드나들어서 특별관리 대상인 거 아시지요? 원장님이 지난번 QR코드 없는 학부모 입장시켰다고 경고했잖아요. 어떤 경우에도 QR 없이는 들어갈 수 없습니다."

겨우 비대면 수업을 마치고 찬바람을 맞으며 걷는다. 마스크로 얼굴의 반 이상을 가린 사람들이 땅을 내려다보며 오간다. 희고 건강한 치아를 드러내며 활짝 웃는 사람, 웃으려면 보조개가 먼저 쏙 들어가면서 얼굴 전체로 미소가 번지는 뺨, 조각처럼 날렵한 턱선이나 콧등도 찾아볼 수 없다.

코로나 시대의 기적

코로나바이러스가 점령한 삭막한 겨울 거리엔 초점 잃은 눈동자들만이 오래된 흑백영화처럼, 비현실적으로 유영하고 있다.

스완은 슬금슬금 나에게까지 손을 내밀기 시작했다. 월급이 통장으로 들어오면 은행은 기다리고 있었다는 듯 1원 단위까지 몽땅 쓸어갔고, 마이너스 부호까지 찍히고 말았다. 검은 양복을 입은 남자들이 학교까지 찾아오는 일이 잦아졌다. 그들의 복장은 단정했으나 행동이나 말투는 결코 단정하지 않았다. 급식실과 담벼락의 좁은 사잇길에서, 버드나무 잎사귀가 드리워진 운동장 구석에서 나는 검은 양복과 맞닥뜨리곤 했다. 원금은 구경도 못한 나에게 그들은 이자를 요구했다. 그들은 부탁했을지 모르나 나는 협박으로 들렸다.

학교를 나와서도 학원가를 서성이며 나는 5년째 검은 양복에게 시달리고 있다. 결국 지유 외엔 아무것도 필요 없다는 다짐과 함께 별거하기로 타협하고, 지금은 합의이혼 과정인 3개월의 숙려기간 중에 있다. 경솔한 이혼을 막기 위하여, 라니! 진작에 경솔한 결혼을 막아줬으면 좋으련만. 그러나 숙려의 시간이라기보다는 또 어떤 풍선이 터질까, 마음 졸이며 하루하루가 무사히 지나가기를 손꼽아 기다린다.

드디어 다음 주 월요일, 두 사람이 함께 판사 앞에서 서명하고 확인서만 받으면 나는 빚으로부터 해방될 것이다. 이혼 사유가 폭력이나 외도, 성격 차이가 아니라 돈 때문이라는 사실이 새삼 서글프다. 더 자세히 들여다보면 결국은 돈이 아니라 사람 때문이긴 하지만.

스완이 자신의 부력을 유지하기 위해서 비행기라도 타야 직성이 풀리는 사람이라면, 난 두더지처럼 땅굴이라도 파고들어가 에너지를 충전해야만 하는 사람이다. 말 없는 사람과 말 많은 사람이 서로 적당히 말할 줄 아는 사람이 되리라는 기대에 결혼했더니 한 사람은 속 터져 죽고, 다른 한 사람은 말 폭탄에 맞아 죽었다는 유머가 떠오른다.

D가 보고 싶다. 꾸준히 영미 소설이나 에세이를 원문으로 읽으며 좋은 지문을 뽑아내는 D, 빛나는 한글 문장을 찾아내어 그 느낌 그대로 영어로 옮기려 끙끙대는 D, 특히 D는 문학적이면서도 해학까지 가미된 영어 지문을 잘 만들어 냈다. D의 문장들은 인터넷 여기저기로 떠돌며 ♥와 '좋아요'를 수북수북 쌓아갔다. 특히 D가 발상한 지문에 등장하는 '사람 닮은 개구리', '달팽이 척하는 사람', '나무인 듯 시침

떼는 여우' 같은 캐릭터들은 디자이너들이 앞다퉈 일러스트나 웹툰으로 만들고 싶어 했다. 그러나 D도 가끔은, 자기만의 색깔 있는 글을 쓰고 싶어 하늘을 올려다본다고 했다.

나도 오랜만에 하늘을 올려다본다. 잿빛 하늘은 금방이라도 함박눈이 쏟아질 것처럼 낮게 내려앉아 있다. 쨍그랑 소리라도 날 것 같은 높고 파란 하늘이 보고 싶다. 프리즘을 통과한 빛처럼, 수많은 파랑으로 흩어지던 색채의 산란이 그립다. 그땐 내 눈이, 내 마음이 프리즘이었다.

*

어딜 가더라도 QR을 찍으라고 요구하니 휴대폰이 없는 난 갈 곳이 없다. 침대에서 이리저리 뒹굴다가 부스터 샷이나 접종해야지, 생각만 하며 게으르게 중력에 몸을 맡긴다. 느지막이 일어나 세수하면서 거울을 보니 이마가 보랏빛으로 물들어 있다.

곁에 아무도 없는데 휴대폰마저 없다는 사실에 새삼 두 손이 허전하다. 2미터가 어느 정도나 될까, 양팔을 옆으로 벌려 휘휘 돌려 본다. 2미터라는 거리가 새삼 공허하게 느껴진다. 왜 하필 2미터일까, 코로나바이러스가 그 이상은 퍼지지 못한다는 무슨 연구 결과라도 있는 건가. 두 팔이 교차하며 그리는 원 안에 아무것도 잡히는 것이 없다. 항상 가까이에서 날 나임을 증명해 주던 휴대폰마저 지금쯤 스완과 함께, 호찌민이나 하롱베이의 어딘가를 서성이고 있을 것이다.

번잡스러운 생각에서 완전히 깨어나지 못한 눈을 껌뻑이고 있는데 지유가 급하게 방문을 두드린다.

"엄마, 엄마, 아빠가 코로나 확진이래요. 엄마도 빨리 검사해 보래. 그 시간에 환승객 대기실에 있었던 사람은 모두 검사하라고, 엄마 폰으로 문자가 왔대."

놀라서 급하게 방문을 열고 들이닥치지 않는 지유가 대견스럽다. 그러나 철부지 딸도 팬데믹 시대를 살아가는 방법을 이미 터득한 것 같아 씁쓰레하다.

*

이리저리 뒤척이다 보니 희끄무레한 햇살이 슬며시 들어와 자리를 잡는다. 어느 쪽으로 누워도 잠자리가 불편하다. 오른쪽으로 누울 때는 오른팔이 없었으면 좋겠고, 똑바로 누우니 등이 배기고, 엎드리면 코가 거추장스럽다. 자세를 바꿀 때마다 시계를 보니 2시, 3시, 4시, 깊게 잠들지 못하고 잠이 생선처럼 잘게 토막이 난다. 칼칼하던 목이 아직도 간질간질하다. 요즘은 조금만 몸이 피곤해도 혹시 코로나? 하며 염려가 된다. 더구나 PCR 검사 결과를 기다리는 중이라 마음이 한 곳에 집중되지 않고 이리저리 서성인다.

이를 닦으며 거울을 보니 피부며 표정이 한없이 늘어지고 지쳐 보인다. 사람들은 코로나바이러스로 인하여 정상적인 생활을 할 수 없었던 지난 2년을 나이에서 빼야 한다고, 농담처럼 소망을 이야기한다. 그러나 아무리 KF94 특대형 마스크로 얼굴을 덮어도 세월이 훑고 지나간 흔적까지 숨길 수는 없다. 오히려 햇살과 바람을 충분하게 받지 못한 피부는 더 빠르게 늙어가고 있다.

손거스러미를 잡아 뜯어 생긴 상처가 욱신욱신 쑤신다. 손으로 꼭 감싸 쥐니 발열감과 함께 심장이 뛰듯 손가락이 가쁜 숨을 몰아쉰다. 설핏 부은 것도 같다. 먼지만큼이나 하찮은 손거스러미에 신경이 온통 모여들어 뾰족하게 곤두선다.

인터넷에 증상을 입력하고 찾아본다. 상처에 박테리아가 침투하여 곪은 것이라고 진단하며, '조갑주위염'이니 항균

연고를 바르라는 명쾌한 처방까지 내려준다. 거리두기에 이어 비대면 진료가 현실이 되고 있다. 전화로 증상을 설명하면 의사가 처방전을 바로 보내준다고 한다.

이래저래 사람과 사람 사이가 점점 멀어져 간다. 인간관계에서 중요한 적당한 거리, 방향, 깊이, 속도 조절 등에 실패하여 마음과는 달리 뜨악해지기도 한다. 너무 멀지도 아주 가깝지도 않게, 지나치게 빠르거나 늦지도 않게, 부담스러울 만큼 깊거나 얕지도 않게, 그렇게 D와 같은 방향으로 걸어가고 싶다.

스완이 맡긴 휴대폰을 친구가 공항 분실물센터에 가서 찾아오고, 켜자마자 검사 결과가 음성이라는 문자가 뜬다. 휴대폰에 충전기를 꽂으니 나에게 충전기 역할을 해주던 D가 다시 생각난다. 삶의 틈새마다, 생각의 갈피마다 D의 숨결이 배어 있다.

오랜만에 인터넷 카페로 들어간다. D가 떠난 후에는 아무도 카페에 글을 올리지 않는다. D가 사라지기 전에도 나는 의무처럼 댓글만 몇 줄씩 끄적였을 뿐이다. 언젠간 D처럼 멋진 영작을 하고 기발한 오지선다형 문제도 만들고 싶다. 그때, 내가 했던 것처럼 답글을 달아줄 D를 기다린다.

*

 스완이 5층에 격리되어 있다. 확진자 격리 시설이 된 리조트는 먼 바다를 떠돌다가 표류한 난파선처럼 낡고 썰렁해 보인다. 해마다 12월 31일이면 해가 지고 뜨는 것을 한 공간에서 맞이하려는 관광객들로 인하여 북적이던 장소이다. 같은 자리에서 방향만 90도 틀면 다 볼 수 있다니, 신박한 일몰과 일출 스팟이다. 긴 갯벌 끝으로 얼굴을 반쯤 내민, 어제 진 태양이 다시 솟아오른다. 파도가 일렁일 때마다 물결이 태양을 밀어 올릴 것처럼 수평선도 출렁인다.

 5층을 올려다보니 줄줄이 같은 프레임의 베란다 창문 중 하나가 열린다. 목을 길게 빼고 내려다보는 사람은 멀리서 봐도 스완이 확실하다. '그녀를 만나기 100미터 전' 부터 가슴이 떨린다는 노래처럼 나도 스완을 만나러 가면서 설렌 적도 있었다. 지금 스완과 나의 거리는 몇 미터일까.

 오늘 이혼을 위한 절차를 마무리하려면 스완이 직접 서명할 수 없으므로 그의 도장이 꼭 필요하다. 격리된 스완을 위한 판사의, 코로나 시대이기에 가능한 특별한 대책이라고 한다. 가정법원이라는 낯선 공간에서 어색하게 마주치지 않고도, 타인이 된 스완과 복도를 나란히 걸어 나오지 않고도 이혼이 이루어질 수 있음에, 코로나바이러스에게 감사하게 될 줄이야…….

스완이 상체를 밖으로 길게 내밀며 소리를 지른다. 허리 아래까지 난간 밖으로 걸쳐진 것이 아슬아슬 위태로워 보인다. 아무리 안간힘을 써도 그의 소리는 나에게까지 와 닿지 않는다. 나는 들리지 않는다는 표시로 두 팔을 X로 교차한다. 그는 답답한 듯 일곱 걸음도 안 되어 보이는 베란다 양편을 팔짝팔짝 뛰어다닌다. 가슴을 퍽퍽 치고 발을 쾅쾅 구르기도 한다.

마치 무언극을 보고 있는 듯하다. 그러나 그리스 부둣가에서의 잃어버린 시계 연출이 너무나 훌륭했던 덕분에, 이후로는 어떤 빼어난 연기를 해도 아무런 감흥이 생기지 않는다. 나는 목을 아껴야 한다는 걸 잊고 음절 하나하나를 길게 끌며 온 힘을 다해 소리친다.

"도오오자아앙, 도오오오자아아앙!"

스완도 목소리를 높여 대답하지만, 마침 떼를 지어 들이닥친 갈매기의 퍼덕이는 날갯짓과 끼룩끼룩 우는 소리에 파묻힌다. 사라졌다가 잠시 후 다시 나타난 그가 뭔가를 흔들어 보인다. 마치 마술사가 흥을 돋우고 관객을 사로잡을 궁리를 하는 것 같다. 쪼그리고 앉아 본격적인 마술을 보여줄 채비를 한다. 무슨 연출을 하려나. 벌떡 일어선 그가 커다랗게 부푼 풍선을 좌우로 흔들며 소리친다.

"콘돔 안에 도장을 넣었어!"

역시 스완, 스완다운 창의력이다. 그는 9회 말 투아웃 만루에서 마지막 공을 던지는 투수처럼 온갖 폼을 다 잡으며 자세를 취한다. 그는 자신의 삶을 온통 퍼포먼스로 이어가고 싶은 듯하다. 난 더는 그가 연출하는 연극의 관객이 되고 싶지 않다.

스완은 본격적인 연기를 펼치기 시작한다. 또 다른 콘돔이 하나, 둘, 셋, 늘어난다. 그의 부력으로 부푼 콘돔은 바람결에 흔들리며 하늘로 날아오르려 안간힘을 쓴다. 그중에서 천천히 낙하하는 콘돔이 하나 보인다. 도장의 무게로 인하여, 중력의 법칙으로 떨어지는 콘돔 주위로 또 다른 콘돔들이 등장한다. 넷, 다섯, 여섯…….

스완은 콘돔으로라도 자신의 부력을 보여주고 싶은 듯하다. 그의 연출은 본래 목적은 성공한 듯 보이나, 부력을 증명해 줄 나머지 콘돔들은 바람결에 둥실둥실 흔들릴 뿐 정작 훨훨 날아오르진 못한다.

나는 도장을 넣은 콘돔을 받기 위해 달리기 시작한다. 이미 태양은 성큼 떠오르고 갯벌은 꿈틀꿈틀 제 몸을 비틀며 깨어나고 있다. 모래톱 틈새마다 구멍이 퐁퐁 열리며 바닷물이 차오른다. 일찍 눈을 뜬 꽃게 한 마리가 갯벌 위에 긴 흔적을 남기며 지나간다. 꽃게 등 위로 도장을 넣은 콘돔이 살포시 얹히며 볼품없이 쪼그라든다.

난 콘돔을 쥐고 양쪽으로 잡아당긴다. 콘돔은 길게 늘어날 뿐 찢기지 않는다. 생각했던 것보다 질기다. 2미터쯤 늘이면 찢어지려나. 난 도장이 든 콘돔을 그대로 주머니에 넣는다. 꽃게는 아랑곳하지 않고 다리를 부지런히 휘저으며 바다를 향하여 기어간다. 나머지 콘돔들이 피식피식 바람이 빠지며 갯벌 위로 천천히 내려앉는다.

바다가 되고 싶은 하늘과 하늘이 되고 싶은 바다가 서로 밀고 당기며 출렁인다. 멀리서 바라보면 하늘이 바다 같고 바다가 하늘처럼 보이나, 눈을 크게 뜨고 들여다보면 선 하나 그어놓고 힘겨루기를 하고 있는 것 같다. 선은 워낙 견고하여 한 치의 양보도 없다.

스완과 난 수평선처럼, 각자는 하늘과 바다로 분명하게 존재하지만, 함께는 부재한 관계가 될 것이다. 보이긴 하지만 실제론 없는 수평선, 보이는 것이라고 다 믿을 순 없다. 그러나 D가 보이지 않는다고, 떠났다고 해서 존재하지 않는다고 할 수도 없다.

*

손바닥을 펼쳐본다. 너무 꼭 쥐고 있어 깊숙하게 박힌 거울 조각을 꺼내어 깨진 거울 귀퉁이에 조심스럽게 대어본다. 아무리 애써도 이미 틈새가 벌어진 거울은 원래의 모습으로 돌아갈 수 없다. 그러나 손거스러미가 뜯겨나간 자리는 흔적도 사라지고 이미 통증도 느껴지지 않는다. 마음에도 곧 새살이 돋아날 것이고 거리두기와 실외에서의 마스크 착용은 이미 해제되었다.

2미터 거리두기에도 불구하고 사랑하는 사람들은 서둘러 결혼식을 올렸고, 코로나바이러스에 감염되어 사망한 산모에게서 건강한 아기가 태어나는 기적도 일어났다. 누군가는 변하지 않을 사랑을 찾아 먼 길을 떠나기도 했다. 팬데믹이 훑고 간 자리, 그 길목에 피어난 여린 들꽃마저 대견하게 생각되어 쪼그려 앉아 한참을 들여다보았다. 문득 살아 움직이는 모든 것이 기적처럼 여겨졌다.

드러난 통계보다 훨씬 많은 사람이 감염되었을 것이라는 코로나바이러스를 나 역시 피해가진 못했다. 바이러스가 다녀가고 나니 밀린 숙제를 마친 것처럼 홀가분하다는 생각마저 들었다. 한밤중에 잔기침을 콜록콜록하며 돌아눕는데 아래층에서 밭은기침을 하는 소리가 벽을 타고 올라왔다. 누군가 함께 깨어 있고, 같이 기침을 하고 있다는 사실만으로도 조금은 위로가 되었다. 그러나 다 채워지지 않는 헛헛함에 이마까지 이불을 끌어당겨 덮으며 새벽이 오기를 기다렸다.

동녘이 희끄무레하게 밝아올 무렵 마음속에 수평선이 굵고 선명하게 그어졌다. 예상했던 것보다는 담담했다. 거리두기로 '홀로'라는 상황에도 면역이 생긴 것 같았다. 그래도 항체가 생기는 과정의 미열은 있었다. 아무도 보는 사람도 없건만 굳이 아무렇지 않은 척하며 창틀을 박박 문질러 닦고, 손빨래를 하고, 아끼던 책 800여 권을 주위에 나누어 주거나 미련 없이 버렸다.

D와 같은 공간과 시간을 함께한 적이 있다는 사실만이라도 괜찮다, 괜찮다, 괜찮다,며 가슴을 토닥였다. 반복하여 괜찮다고 되뇌던 어느 순간 하늘과 바다의 경계선, 찰나이

나마 그 둘이 만나서 보여주는 아름다움을 믿을 수 있게 되었다. 나는 책상 맨 아래 서랍의 밑바닥에 넣어두었던 노트를 꺼내어 코로나 시대에 경험한 작은 기적에 대하여 영어로 에세이를 쓰기 시작했다. 수평선 너머에서 D가 환하게 웃으며 손을 흔들었다.

평론

코로나 시대의 표류와
경계를 넘는 빛의 항해

이오우 (시인, 문학평론가)

1. 코로나 시대의 표류기

 손영미 소설가로부터 『누가 환유를』을 선물 받은 날이 엊그제 같다. 야심 찬 펜촉의 여운이 아직 가시지도 않았는데 두 번째 소설집을 낸다고 한다. 필력에 감탄이 절로 나왔다. 소설에 대한 해설을 부탁받고 조심스러웠다. 그러나 호기심이 더 강했다. 어떤 소설이 나를 사로잡을까. 나도 모르게 승낙을 하고 말았다. 작품을 읽으며 나는 거친 풍랑을 만난 배가 된 듯 위태로웠다. 허술한 조각배로, 한 땀 한 땀 엮은 귀중한 작품을 온전히 독자가 있는 항구에 배달할 수 있을까. 나의 항해술이 미숙하게 느껴졌다. 항로를 찾듯 글눈을 떠야 했다. 나침반이 필요했다. 뚜렷한 좌표와 곧은 잣대로 키를 잘 잡아야 했다. 표류하지 않기 위해.

변화된 시대는 새로운 삶의 방식을 요구한다. 그것은 사회적, 심리적 파장으로 나타나며 다양성과 단일화, 개인과 집단성의 극점 아래 요동친다. 서로의 에너지를 붕괴시키며 새로운 힘을 얻기 위해 먹이 사냥을 계속해야 한다. 인간은 이성적 동물이다. '이성'에 방점을 찍을 수도 '동물'에 방점을 찍을 수도 있다. 이성을 좇지는 못하더라도 최소한 동물이 되어서는 안 된다.

다양한 개성을 가진 사람들이 자신만의 삶의 방식을 추구하기에는 단일한 시장 구조와 집단화된 목소리가 크고 단단하다. 개성은 점점 마모되고 인간 소외가 싱크홀처럼 불쑥 드러나곤 한다. 우울감이 그림자처럼 따라다닌다. 서로를 필요로 하지만 소통은 더욱 힘들어진다. 서로 끝없이 멀어지는 별들처럼, 빛의 속도로 소통은 하지만 손에 잡히지 않는 순간의 반짝임이 많다. 타인과의 거리감은 증폭된다.

그리움을 그리면 그림이 되고 그리움을 쓰면 글이 된다. 그런 그리움의 정체들, 함께 하고 싶은 마음에 안전의 욕구와 사랑의 욕구가 작용한다. 인간은 사회화된 동물이다. 서로를 의지해서 살아간다. 그 '의지(依支)'가 '의지(意志)'를 낳는다.

 인간은 정(情)을 생존전략으로 채택한 종족이다. 위기를 견디는 힘은 다정한 소통에 있다. 나약하고 외로운 인간 존재는 고독에서 벗어나려 한다. 현실이 사이버 세상으로 대체되고 있다. 소통이 대면에서 비대면으로, 일상적 공간이 인터넷 세상으로 전이되고 있다. 데이터가 선택을 강요하고 정보통신 과학기술의 영토에서도 자유롭지 못하다. 아바타로 접속하는 아이러니를 자연스럽게 받아들여야 하는 시대이다. 다정함의 가면들이 즐비하다.

 1-1. '너'로부터의 표류
 "D가 떠났다."라는 문장으로 「코로나 시대의 기적」은 시작된다. 코로나 팬데믹이 삶의 저변을 훑고 지나간 자리에 일상이 다시 서서히 자리 잡고 있다. 그러나 언제 또 다른 코로나로 일상이 무너질지 모른다. 불안은 늘 호시탐탐 기억의 뒷덜미를 물고 늘어진다. 'D는 왜, 카페에서 나갔을까?', 'D는 주인공에게 어떤 존재였을까.', 의문이 꼬리물기를 시작한다. 작가는 묘사와 서술을 잘 교직하며 이야기를 끌고 간다.

손영미 소설가 —이하, '손영미'로 명명하고 싶다— 는 예민하며 예리한 서술자를 내세운다. "현실을 이야기하면 꿈이 손거스러미처럼 거슬렸고, 꿈을 이야기하면 삶이 코웃음 치며 비웃는 듯했다."라는 문장이 커튼을 열면, 빛이 어둠을 찢고 들어오듯 독자의 가슴에 가르마를 탄다. D를 추적하고 싶어진다. D를 향한 주인공의 행적과 삶의 궤적을 진단하고 싶다. 서서히 밀물처럼 차오르는 수면을 본다.

㉠ "D는 요즘 많이 지치고 뭔가에 쫓기는 것처럼 허둥대며 초조해 보였다."

㉡ "우리의 대화는 초고속 인터넷에 의하여 LTE 속도로 전달되었지만 따뜻한 위로의 손길까지 가닿지는 못했다."

㉢ "0시 19분에 별거 중인 남편, 스완의 전화를 받았다."

D는 ㉠의 상태이며, 나와의 관계는 ㉡과 같다. 한편 나는 ㉢의 상태이다. 이 세 문장으로 인물과 인물의 관계망을 개

념화할 수 있다. 한편 작품 속 현실 세계의 좌표도 설정할 수 있을 것이다. 영어 강사로서의 직업과 사회적 지위, 꿈과 이상을 좇기 버거운 삶의 중력을 느낀다. 그렇지만 D는 나에게 희망의 향기를 풍기는 존재다. '자신의 글'을 쓰고 싶다는 말 때문이다.

어쩌면 손영미는 영어 이니셜 'D'를 'Dream'의 첫 글자를 딴 것은 아닐까? 아니면 역설적으로 'Delete'의 첫 글자일지도 모른다는 생각이 든다. 나에게 꿈을 이야기하고 사라진 'D'이기 때문이다.

㉠에서처럼 불안과 초조는 감지될 수밖에 없는 내면 의식의 반영처럼 보인다. 코로나 시대라는 끝이 보이지 않는 터널에 들어선 현대인의 에고(ego)이다.

㉡처럼 초고속 인터넷 시대를 살고는 있으나 우리의 대화는 미심쩍다. 눈빛과 숨결을 공유하기 어렵다. 연결 속의 단절이다. 접속의 비접속이다. 가상의 접촉은 허망한 뭉게구름 같은 클라우드 세상인 것이다. 손영미의 세상을 읽는 상징의 코드가 극적 장치를 통해 짜릿하게 전달되어 머리에 반짝 불이 들어오는 것 같다.

이제 '스완'의 정체다. ㉢에서 주인공의 남편이며 별거 중인 '스완', 단어장을 찾아보았다. "스완(swan): 1.(남의 돈으로) 속 편하게 놀고 지내다, 2.어슬렁어슬렁 걷다, 3.(특히 좋아하는 장소에) 여행하다, 4.백조, 5.매우 아름다운 사람"으로 나온다. '수완(手腕)이 좋은 사람'이라는 뜻도 있다.

손영미는 작명의 귀재인 듯하다. 『누가 환유를』에서 '환유'도 그랬다. 소설에서 인물은 캐릭터를 갖는다. 행동과 대화를 통해 드러나는 극적 제시 방법으로 성격을 드러내며 사건을 이끌어간다. 이를 뒷받침하는 개연성을 확보하는 통찰적 작명이 돋보이며 핍진성이 느껴지는 부분이다.

"스완은 언제나 그랬듯이 호수 위의 백조처럼 여유로워 보인다. 그는 어떤 상황에서도 바쁠 것도 없고 안 되는 일도 없는 사람이다. 이런 그를 난 스완이라고 부른다. 물론 실제로 그렇게 부르지는 않는다."

'인생은 여행이다.'라는 명제는 일종의 금언처럼 여겨진다. 자유롭게 어디론가 떠나고 싶은 마음은 누구에게나 작동하는 원초적 욕망이다. 그런 마음이 은유의 언어 도식으로 인식되어 우리에게 구조화된 의미구조를 갖는다.

인지 언어학적 관점에서 본다면 일상적 체험이 우리의 언어구조를 형성한다. 인지 언어학(cognitive linguistics)은 인간 마음의 본질, 더 나아가 인간의 본질을 규명하기 위한 연구로서 '언어, 몸과 마음, 문화'의 상관성을 밝히려 한다. 그것은 체험주의에 바탕을 둔다. 한편, 인지 언어학은 범주의 내적 구조를 찾는 데에 관심을 둔다. 여기에는 말실수, 변칙적 표현, 창조적 용법, 시, 관용어, 은유 등도 포함된다.

"누군가를 마중하고, 또는 누군가와 이별하기 위하여 여기까지 달려온 사람들은 모두 어디로 사라졌을까. 그림자도 남기고 싶지 않은 인간관계가 있기는 하다. 그림자조차 샅샅이 거둬들여 지워버리고 싶은 관계, 하긴 인연에도 유효 기간이 있다. 시절 인연, 시간과 공간이 조화롭게 하나가 될 때 인연도 유지되는 것이다."

하나의 문학 작품은 그 안에 대동맥을 이루는 우세한 (dominate) 단어들의 의미망을 찾을 수 있다. 이 관계망을 조직하는 과정에서 체험이 인지구조에 영향을 미친다. 소설도 인지적 작업의 산물이라는 것을 부인할 수 없을 것이다.

예컨대, 김춘수의 '꽃'에서 드러나는 '이름'이라는 시어를 통해 시적 의미망을 읽을 수 있듯이 말이다.

"다들 다른 길, 새로운 길을 원하면서도 걷다 보면 모두 같은 길을 걸어가고 있다. 남들이 가지 않는 길을 선택했다가 홀로 길을 잃고 헤매게 될까 두려워서, 다들 적당히 타협하며 별일 없는 듯 잘 살아가고 있는 것처럼 보인다."

인생은 길이다. 그 길 위에서 홀로 길을 잃고 헤매게 될까, 표류에 대한 두려움을 떨치기 어렵다. 타협의 길을 선택하면서 타인의 삶에 투영된 자아를 만난다. 그 와중에 '사라진 시계'처럼 삶의 모퉁이에서 잃어버린 시간을 발견한다. 그것은 때로 '피아제폴로'처럼 값비싼 대가를 요구하기도 한다. 이후의 시간은 "시커멓게 조각 난 내 마음도 스완에게서 멀리 떨어져 표류하기 시작했다." 관계는 의지의 산물이다. 사랑이 아니라도 '놓치고 싶지 않은 마음'과 'D를 향한 미련'이 그것이다. 따뜻한 멘토를 꿈꾸며 말이다.

하지만 대상에게서 벗어나고자 하는 마음(원심력)과 그 인연을 놓고 싶지 않은 마음(구심력)이 결국 표류하는 마음의 궤적을 엉뚱하게 휘어놓는다. "그러니까 엄마 폰이 지금 베트남에 있다는 거네……." 남편과 함께 떠난 분신, 휴대폰은 분열적 자아의 상징처럼 읽힌다.

인생길은 뜻대로 풀리지 않기 일쑤다. "처음엔 화상 강의가 편하리라 생각했으나 막상 해보니 그렇지도 않았다." 소통은 더욱 어렵다. 학생들과의 대화는 수면 아래에서 허우적댈 뿐이다. '구걸'하듯 시간을 채워야 하는 수업은 아무리 목이 말라도 마실 물이 없는 망망대해에서 홀로 표류하는 심정일 것이다. "코로나바이러스가 점령한 삭막한 겨울 거리엔 초점 잃은 눈동자들만이 오래된 흑백영화처럼, 비현실적으로 유영하고 있"을 뿐이다.

주인공은 "합의 이혼 과정인 3개월의 숙려기간 중에 있"으며 "마음 졸이며 하루하루가 무사히 지나가기를 손꼽아 기다린다." '스완'과 '나'는 기름(부력을 유지해야 하는 존재)과 물(두더지처럼 땅굴을 파는 존재)처럼 성향이 다르다.

표류하는 나의 마음은 "D가 보고 싶다." 엄밀히 말하면 D의 문장이 그리운 것이다. 문학적이면서 해학적인 문장, 참신한 발상이 고픈 것이다. 손영미는 소설가로서 갈증을 인물을 통해 암시적으로 표출하고 있다. '스완'으로부터의 표류는 의지(意志)적이면서 또한 새로운 의지(依支)에 대한 갈망이 교차하는 심리적 서사구조를 보여준다.

"자기만의 색깔 있는 글을 쓰고 싶어 하늘을 올려다보는" 모습을 통해 드러나는 나의 또 다른 의지(意志)이기도 하다. 표류하는 자아는 잠들 수 없다. 누울 때마다 여기저기 배기는 것은 거추장스러운 마음 때문이 아닐까. "잠이 생선처럼 잘게 토막이 난다." 다시금 "손거스러미를 잡아 뜯어 생긴 상처가 욱신욱신 쑤신다." "신경이 온통 모여들어 뾰족하게 곤두선다."

스완의 '격리', "확진자 격리 시설이 된 리조트는 먼바다를 떠돌다가 표류한 난파선처럼 낡고 썰렁해 보인다." 5층을 향해 나는 "도오오자아앙, 도오오오자아아앙!"을 외친다. 이에 대해 스완은 "콘돔 안에 도장을 넣었어!"로 대응한다. 창의적 퍼포먼스로 상황을 희화화하는 서술자의 수완(手腕)이 느껴진다.

스완과 나, '수평선처럼' 부재의 관계로 돌아가는 순간이다. 보이는 것을 다 믿을 수도 없고, 떠났다고 부재한 것은 아니다. 나에게 'D'는 그런 존재다. "바이러스가 다녀가고 나니 밀린 숙제를 마친 것처럼 홀가분하다는 생각마저 들었다." 마음속에 수평선이 그어진다. 그 너머로 '너'로부터의 표류가 가 닿을 것 같은 "D가 환하게 웃으면서 손을 흔들"고 있다. '나'는 하늘과 바다의 경계선, "그 둘이 만나서 보여주는 아름다움을 믿을 수 있게" 된다. 나의 표류가 '너'로부터 시작되었지만 '나'를 찾는 길임을 보여준다. 진정한 여행의 출발인 셈이다. 그 기적의 여명을 보여주는 작품이다.

1-2. '나'로부터의 표류

「순수의 기억」은 떠나보내지 못한 시간의 앙금이며 아픔과 상처의 묵시록이다. 주인공은 '기억'의 땅을 떠나려 한다. 인지의 영역에서 미지의 세계로 들어가듯, 망각의 세상으로 표류하기 위한 준비가 시작된다.

'표류'는 비의도성을 갖는다. 모진 풍랑을 만나거나 기관 고장을 일으킨 경우, 암초 등 불가항력적 상황이 발생한다. '하느님도 이 배를 침몰시킬 수 없다.'라고 호언장담했던 호화유람선 타이타닉호도 빙산에 부딪혀 허망하게 침몰했듯, 누구도 예상하지 않은 상황에 봉착하면 인생은 표류하거나 침몰을 맞이할 수도 있다. 삶에 순항만 있는 것은 아니다. 거친 파도를 헤치고 나아가야 하는 험난하고 긴 항해다. 그 길은 혼자의 길도 아니다. 각자 자신이 맡은 역할을 다해야 하는 고된 여정이다. 스스로 선장이며 조타수가 되어야 한다.

ㄹ "객석에 앉아있는 사람들의 눈동자에 빛이 반사되어 흩어지는 걸 바라본다. 어둠 속에서도 관객의 숨결이 느껴져 마른침이 꼴깍 삼켜진다."
ㅁ "달만 보면 소원을 빌고 싶은 나는 보름달을 내 안으로 불러들이고 소원을 빈다. 기억이 사라지지 않게 해달라고."
ㅂ "이제 막 예순일곱을 넘긴 내가 무대라고 착각한 5층 베란다 앞으로는 너른 논밭이 이어지고, 허름한 농가가 옹기종기 들어선 풍경이 펼쳐진다. 마을 사람들이 농가 사잇길을 서성이며 동정과 원망이 섞인 탄식을 쏟아내고 혀를 끌끌 찬다. 늙수그레한 남자가 조용히 하라고 외치는 까랑까랑한 고함이 들린다. 이어서 개들마저 달을 바라보며 소원을 비는지 컹컹 짖어대는 소리가 밤하늘에 가득 울려 퍼진다. 이젠 죄송하다고 사과하는 것조차 송구스러울 지경이다. 나는 영원히 열지 않을 것처럼 야멸차게 베란다 창문을

닫는다."

ⓔ에서 객석을 향해 노래하는 주인공이 나타난다. 그는 ⓜ에서 소원을 빌고 있다. '기억이 사라지지 않기'를 바라고 있다. ⓗ에서 '예순일곱'의 인물이 처한 상황적 배경이 제시된다. "내가 무대라고 착각한 5층 베란다 앞"의 상황은 녹록하지 않다. 주변이 결코 호의적이지 않음과 주인공의 상태가 건강하지 못함을 직감할 수 있다. 인물의 행동은 세상과 '야멸찬' 단절을 예감케 한다.

작품 속 주인공 '나'는 '상실'에 대한 뚜렷한 예감을 안고 관객 앞에 선다. 침몰하는 타이타닉호 뱃머리에서 두 팔을 벌리고 섰던 주인공의 모습처럼 비장한 아름다움이 느껴진다. 5층 베란다는 정신적 해방구이며 현실의 억압으로부터 잠시라도 벗어날 수 있는 공간이며 꿈과 동경의 무대이다. 현실에서 한 번도 이루지 못한 꿈의 무대 같은.

주인공의 시련은 '엄딸'로부터 시작된다. 그녀는 음악에 관한 일종의 히스테리적 강박관념에 사로잡힌 교사의 표상으로 그려진다. 학생에 대한 물리적 체벌과 정신적 학대를 일삼는 모습도 포착된다.

 "'란'을 네 개의 음으로 똑같이 나누는 게 아니라고! 음표 앞에 겹 앞꾸밈음 있는 거 안 보이냐? 이 멍청이들아!" 지휘봉 끝의 붉은 꼭짓점이 초여름 햇살을 받아 반짝이며 어지럽게 허공을 갈랐다."

 '염딸'은 사학재단의 이사장 '염라대왕'의 딸이다. 그의 폭력성은 고스란히 딸에게까지 유전된다. 지휘봉의 충격은 이후 주인공의 인생에 신체적, 정신적 외상으로 남는다. 결정적으로 '성악을 공부하고 싶었던' 주인공에게 심각한 장애를 입힌다.

 "노래를 부르려면 이마에서 눈을 거쳐 뺨으로 주르륵 흘러내리던 선홍빛 액체가, 흰 원피스 위로 뚝뚝 떨어져 번지던 핏빛 무늬가 떠올랐다. 동시에 바닷물이 자글자글 소리를 내며 빠져나가고 쓰르라미 우는 소리도 들리기 시작했다."

 주인공의 트라우마는 가족을 살뜰히 보듬는 힘으로 치환

되며, 자신의 몸과 마음의 병이 깊어가는 것을 알아차리고 치료하기보다는 가족을 하나로 잇는 질긴 줄로 작용한다.

  아들 세완은 늘 나의 '마음 한편에 뭉쳐 있는 멍울' 같은 존재다. 그 머뭇거림과 '저작료'라며 내미는 봉투는 더욱 독자를 궁금하게 만든다. 세완과는 왜 소원하고 서먹한 관계가 된 것인지. 남편인 경섭은 소방관으로 근무하다 순직한다. "쉼표는 안된다고 극구 반대했더니 경섭은 성급하게 마침표를 찍어 버렸다." 서술자는 끈끈했던 가족이 해체되어 가는 과정을 머리카락이 빠져나가는 이탈적 이미지로 형상화하고 있다.

  경험의 장이 허물어지고 있다. 모든 것이 리셋된다. 백지화되는 것에 대한 막막함과 두려움, 이것은 죽음과 다르지 않다. '나'라는 존재의 실종이다. 나로부터의 실종, '나'라는 항로에서 이탈하여 알 수 없는 곳으로 표류하는 것이다. 절박하고 암담한 삶이다. 서서히 극한으로 내몰리는 자신을 목격해야 한다. 기억의 해체로 이어지는 일련의 과정이 '나'의 해체이며 나로부터의 '표류'이다. '나'의 기억이 머리카락과 함께 야금야금 사라져간다. 기억이 머리카락으로 연결되는 의미망의 발상이 돋보이는 대목이다.

"내가 쉰다섯에 세 살 위인 경섭이 연금만 남겨준 채 떠나고, 머리카락이 듬성듬성 빠지기 시작하면서 행복한 가족의 틀이 조금씩 허물어져 간다."

 "그러나 지금이 더 불행하다고 생각되진 않는다. 그땐 그때의 행복이 있었고, 지금 기억이 오락가락하는 삶도 나름대로 의미가 있다고 한다면 사람들은 믿을까. 1분, 1초가 한 올, 두 올, 머리카락과 함께 야금야금 사라져가는 걸 헤아리며 하루를 보낸다. 삶은 어차피, 살다 보니 살아지기도 하고 사라지기도 한다."

 "그날을 기억하니?" 손영미는 독자에게 기억에 대한 물음을 던지고 있다. 기억이란 마음의 빛깔을 찾는 일이다. 점점 더 빠르게 기억이 사라져가는 걸 느끼며 그 "시간이 찰나로 조각"나고 "나뉘고 뭉개지"는 순간을 기록한다. 경섭의 사고 순간을 서술하면서 손영미는 사건과 인물의 감정을 엮어 생명력으로 조직하는 튼튼한 언어의 심장을 보여준다. 읽으면서 만나는 산소 같은 문장을 심호흡하면 뇌에 전달되는 개운함이 있다. 독자를 깊은 공감의 세계로 이끌며 정서적

환기를 제공한다.

손영미는 기억의 색깔을 찾고자 한다. '연둣빛 점퍼'와 "당신, 색깔에도 향기가 있다는 거 알아? 난 빨간색만 보면 불 냄새가 나는 것 같아."라는 경섭의 대화는 낯선 공감각의 세계를 맛보게 한다. 소설 속에서 주인공은 기억의 꼬리를 붙잡고, 삶의 질곡을 색깔을 통해 복원하려 애쓰며 그 의미의 총체성을 디자인한다.

"240자루의 색연필이 햇살을 받아 수천, 수만 개의 빛살로 반사되며 반짝였다. 마치 프리즘을 통과한 색연필이 춤을 추며 허공을 날아다니는 듯했다."

"실제로 입안이 달착지근하고 허기가 밀려온다. 혀의 오톨도톨한 돌기들이 톡톡 튀어 오르며 갓 지은 흰 쌀밥이 먹고 싶다. 매운 고추를 잘게 다져 넣고, 얼음을 동동 띄운 말갛고 시원한 오이지 냉국 하나만으로 밥을 먹고 싶은 강렬한 식욕에 입맛이 절로 다셔진다."

손영미의 감각은 역동적이며 기억의 프리즘은 다채롭다.

언어의 밥상이다. 유쾌한 자극으로 독자를 포섭한다. 그러나 주인공의 병리적인 삶의 기억은 폭력이었으며 그것은 결국 '붉은 꼭짓점'의 통각점으로 남아 사라지지 않는 기억이 된다. "내 기억의 중심은 항상 5층 음악실에만 머물러 있었다. 그곳에 닻을 내리고 상처만 계속 되새기며 만지작거렸다."처럼, '기억의 덫'을 찾아야만 한다.

덫에서 벗어나는 것, 그것만이 '기억'으로부터 자유로워지는 길이다. '나'는 나로부터 해방되지 못했음이다. 내가 정한 항로에서 벗어나지 못한 삶이 결국은 "남편에게도 그랬듯이 나는, 준 상처는 기억하지 못하고 받은 상처만 오래오래 곱씹으며 되새기"게 만든다. 이제 나는 기억의 종지부를 찍고 '나'로부터 표류하여 나를 마중 가는 길이다. 그 길 위에서 새로운「순수의 기억」을 만나게 될 것이다.

2. 새로운 빛의 항해

빛은 부딪혀야 빛난다. 부싯돌처럼 내 안에 있는 불씨를 댕기기 위해 문경은 마음의 균열에 집중한다. 「빛의 소멸」은 삶과 시대의 균열을 찾아 떠나는 여행, 그 불씨의 노래이다. 깊은 시선과 따스한 가슴으로 만난 언어의 빛깔로, 시대를 관통하는 빛을 주조한 치열한 자기검열 보고서이다. 무심천은 청주를 관통하여 흐른다. 소설 속에서 혈맥처럼 자리 잡은 물줄기다. 청주를 공간적 무대로 삼아 시대와 경계를 넘나드는 빛을 탐구한다. 그 새로운 항해를 향해 나아가는 놀라운 역설적 주제 의식은 새로운 인지 영역이며 통쾌한 소설적 전진이다.

「빛의 소멸」은 2021 직지소설문학상 최우수상 수상작이다. 따라서 작품성은 이미 공증되었다고 할 수 있다. 강렬한 빛이 심사위원의 가슴에 한줄기 감동의 균열을 만들었을 것이다. 빛의 모체는 뜨거움이다. 그 뜨거움에서 탄생한 빛은 곧바로 나아간다. 물체를 만나면 부딪히고 나뉘고 꺾이고 펼쳐진다. 프롤로그와 에필로그가 수미상관을 이루어 작품의 완결성을 확보하며 내용을 탄탄하게 감싸고 있다.

청주 시외버스터미널, 공중전화, 삐삐와 롤러스케이트, 무심천 벚꽃, 막걸리와 육거리 순대 등 대학 시절 필자가 경험한 청주는 그런 공간과 사물들로 은유 된다. 소설은 20세기를 관통한다. 필자의 기억과 겹쳐지는 부분이 많아 친근감이 들었다. 그러나 그 문맥은 이미 오래된 금속활자에서 발원하고 있음을 부정할 수 없다.

소설의 주인공 문경은 바하를 만난다. '벼리'라는 학습공동체가 작품의 배경이다. "들뢰즈, 베르그송, 푸코 같은 철학 강좌부터 시몬 베유와 수전 손택, '도덕경 함께 읽기', 그리고 '한방에 통하는 자기소개서' 같은 실용적인 강좌와 시, 소설, 서평 쓰기까지, 〈벼리〉는 매일 뭔가 가르치고 배우는 학습공동체였다." 문경은 "프랑스의 전태일이라는 시몬 베유 대신 소설 강좌를 듣기로 마음먹었다. 그러나 사실은 소설이라는 단어를 들었을 때, 뜬금없이 마음의 우물에 조약돌을 던진 것처럼 기억의 무늬가 소용돌이처럼 번져나갔다."

『푸코와 함께 춤을』『들뢰즈를 내 품에』『도덕경처럼 살기』 등을 통해 손영미의 지적 호기심과 탐구의 저변을 가늠해 본다. 한편 소설가로서 성장통을 어떻게 극복했는지, 작가적 에너지의 원천이 철학과 긴밀하게 접속하고 있음을 추론할 수 있다.

소설가의 뜰, '소뜰'의 특성과 회원들의 캐릭터도 소설을 읽는 재미를 증폭시키는 대목이다. "난 바하, 난 육펜스, 난 연필, 난 사짜, 난 쌀고, 내 이름은 빨강." 그리고 '연탄'으로 자신을 소개하면서 멤버십에 합류하는 문경은 속함과 버려짐, 무엇인가 보람 있는 일을 할 수 있는 자리에 속했다는 안도감과 함께, 다시 거리로 나와 홀로 걸어야 한다는 현실 사이의 괴리를 느낀다.

 삶의 물결은 그렇게 나를 어디론가 가장자리로 밀어내고 있는 듯하다. 원심에서 벗어나는 순간 원심에서 발생한 삶의 궤적은 점점 퍼져나가 저항하다가 사라진다는 생각을 하면서, 삶의 괴리감과 내적 갈등의 소용돌이를 표현한다. 삶의 물결은 그러하지만, 빛은 그렇지 않다는 항변은 복선처럼 들린다.

 주인공은 "무심천을 생각하니 함박눈이 스며드는 마음의 물결이 물빛 무늬를 그리며 번졌다."라는 언사를 통해 물(水)로 빛의 그림을 그려 나간다. 물결이 가시적 파장이라면 빛은 불가시적 파장이다. 빛은 물질이며 파장이다. 빛은 가장 빠른 물체이면서 물질의 한계를 벗어난다.

현대물리학에서 양자역학은 동양적 사유의 세계와 일맥상통하는 부분이 있다. 음과 양은 결코 이분법적 세계가 아니다. 그것은 하나의 변화의 양상이며 만물의 이치인 동시에 생성과 소멸의 근원적 힘이다. '음(陰)'과 '양(陽)'은 태극을 나누는 두 가지 성질로 해석된다. '목(木), 화(火), 토(土), 금(金), 수(水)'로 구체적 형질과 향방을 가지며 만물의 존재 양상이 된다.

이들은 서로 상생(相生), 상극(相剋)의 관계를 이루며 영향을 주고받는다. 삶에서 빛은 충만한 기운을 가져다주는 생명의 기운이다. 빛은 화(火)에서 온다. '화'는 '금'을 이기며 문명을 이루어내는 기반이 된다. '금속활자'는 우리의 뜨거운 열정으로 주조된 뛰어난 정신문화의 절정이다.

유석은 자신을 "활자를 심는 사람이라고 자랑스럽게 말하곤 했다." 그것은 대물림으로 나타난다.

"문경아, 할애비 시대는 끝났어. 문선공은 활자를 심는 사람인데 더이상 그럴 필요가 없게 됐어. 왜 아름답고 소중한 것들은 다 빨리 사라질까. 문경아, 할애비는 활자를 심었지만 년 글을 심는 작가가 되어라. 넌 글로 꽃을 피우고 열매를 맺는 사람이 되어야 해. 그게 다 활자라는 뿌리가 있었기에 가능한 거야. 그래서 네 이름도 글월 문文을 넣어서, 내가 문경이라고 지었잖아."

유석은 '활자의 뿌리'가 문경을 통해 '작가'라는 열매로 이어지기를 소망하고 있다. 이 지점이 「빛의 소멸」을 관통하는 하나의 축으로 작용한다. 그것은 "희망, 탄생, 시작, 봄, 청춘, 꿈"과는 거리가 멀다. 활자의 뿌리에 매달린 유석의 삶은 "사라짐과 소멸이라는 넋두리"로 문경을 옭아맨다. 그 말의 중력으로 문경은 "애늙은이"가 되어간다.

문경에게 '소멸'은 옹이처럼 박혀있다. "ㅅ. ㅗ. ㅁ. ㅕ. ㄹ."로 제시된 소멸의 활자들, 그 의미의 낱장들이 낙엽처럼 꽃잎처럼 흩날리며 떨어져 내린다. 문경은 "꽃잎이 물결과 함께 흘러가는 풍경을 바라보면 나도 꽃결 따라 흘러가고 싶다."라고 말한다. 깊은 정신적 고뇌의 물길을 만나는 지점이다. 흘러감이 소멸이 아니라면 사라짐과 소멸은 어디쯤에서 의미 분화할까. 의미의 덩어리가 보이지 않고 손에 잡히지 않는다면 소멸이란 단어의 의미 자리는 어디일까. 문경은

"손가락 끝이 아리고 심장까지 파르르 떨릴 만큼 시리도록 저렸다."라는 심정으로 고뇌의 파장을 묘사하고 있다.

"살얼음은 물이 되어 바다로 흘러갈 테니, 나에게 보이지 않는다고 소멸한 건 아니겠지. 그럼 벚꽃잎은 사라진 걸까, 소멸한 걸까."부터 파장은 시작된다. 그것은 사라짐과 소멸, 존재와 무(無) ―자유를 위한 실존적 탐색의 대표적 저서라고 할 수 있는 장 폴 사르트르의 『존재와 무 : 현상학적 존재론에 관한 시론』에 비추어 본다면, 문경은 대자적 존재로서 즉자적 존재를 바라보며 대상을 인식하고 있다.

사르트르가 말한 '무(無)', 즉 순수 인식의 범주에서 문경이 보여주는 존재론적 탐구는 대상을 변화하는 것으로 인식하며, 응고된 즉자가 아닌 대자적 차원으로 소통하고 있다는 점이다. ―에 대한 인식을 흘러감, 즉 변화의 가능성과 생명력의 전이라는 차원으로 정립하고, 실존적 물음을 던지며 대자적 동일성을 배경으로 대상과 호흡한다고 볼 수 있다.

때문에 "흐르는 물 위로 번지는 무늬를 바라보며 물결에게 가만히 말을 걸어 보"는 것이다. 이것은 작품의 공간적 배경인 청주를 흐르는 '무심천'이 가지는 역사적, 문화적 메타포와 조응하며, 그 줄기차게 흘러가는 '흐름'과 '이어

집'이라는 특성을 통해 결정적으로 주제 의식을 관통하는 소설적 장치로 이해된다.

문경의 가계(家系)는 banjiha(반지하)의 계층적 삶을 이어가고 있다. '계단'으로 은유 되는 공간이다.

"학교 다닐 때, 그리고 지금까지도 집 가까이 다가갈수록 몸과 마음은 바닥이 된다. 사라짐과 소멸이 그림자처럼 드리워진 폐사지를 닮은 우리 집. 집에 들어가기 전에 마음의 회로에 스위치를 전환해야 하는데 그 장소가 여기 징검다리다. 몸이 지하로 들어가려면 마음이 먼저 지하로 내려가는 준비를 해야 한다. 몸은 지하인데 마음이 루프탑이면 몸과 마음이 다 혼란스럽다. 이건 매일매일 겪어도 시차만큼이나 적응하기 힘들다."

"무심천 주위 동네의 모든 구멍가게가 편의점으로 바뀌도록 아직도 개미슈퍼라는 간판을 달고 있는 슈퍼 뒤의 우신빌라, 반지하가 우리 집이다. 층계참에는 집에 두기엔 공간이 부족하고, 버리기엔 아쉬운 잡동사니들이 벽에 기대어 먼지와 함께 쌓여 있다."

"한 계단, 한 계단 내려갈수록 햇살과 바람을 만나보지 못한 오래된 곰팡이 내음이 친숙하다. 이어서 된장찌개와 생선조림과 그 밖에 온갖 음식 냄새가 뒤엉킨 빈곤의 실체가 물큰 달려든다. 세월이 흐를수록 두터워지는 가난의 체취다. 나는 가만히 계단에 쪼그리고 앉았다."

 실체적 삶의 모습이 입체적으로 펼쳐진다. 궁극적으로 '반지하'는 "사라짐과 소멸이 그림자처럼 드리워진 폐사지를 닮은 우리 집"으로 자리매김한다. 개미수퍼 뒤, 우신빌라 반지하는 계단을 따라 가난의 체취와 빈곤의 냄새가 곰팡이 내음과 함께 피어나는 곳이다. 삶의 흔적이 유령처럼 도사리고 있다. 생활의 활기나 희망의 기운, 안식의 거처와는 거리가 멀다. '폐사지'는 '사라짐'과 '소멸'의 너머로 건너가는 징검다리와 같다. 폐사지 위에 문경은 소설의 집을 짓는 작업에 착수한다. 그 설계도는 이미 유석에게서 발견되며 그것을 지켜낸 것은 진호였음을 인지하는 순간, 온몸으로 전율이 퍼져나간다.

 새우처럼 등을 꼬부리고 잠을 자는 진호는 바람 같은 사람이다. 문경은 반지하의 삶을 더듬어가며 기억의 물줄기에 떠오르는 물결무늬를 글자로 옮겨 적는다. "반지하를 벗어나고 싶어 당당하게 서울에 입성한 내가 구할 수 있었던 방역시 반지하였다." "경제력과 눈높이와 결을 억지로 욱여넣은 지상도 지하도 아닌 지구의 표면, 땅의 경계선, 빈부를 가르는 가로줄."에 눌린 납작한 삶은 허리를 마음껏 펼 수도 없다. 먹이사슬의 최하위에 놓인 신세다. 새우등은 비단 진호의 신체적 장애와 정신적 외상의 의미만은 아닐 것이다. 하층민의 고단한 삶의 표상이며, 슬픔을 인내하며 스스로 상처를 껴안고 살아갈 수밖에 없는 힘없는 사람들의 모습이다.

바하의 분위기와 '소뜰'의 인력에 낚인 문경은 소설 쓰기에 매달린다. 힘없는 새우처럼 "난 부모 운이 없는 사람으로 태어났지만 누굴 원망하지 않는다."라고 소설에 쓸 작정을 하면서, 소설 속 주인공은 작가의 아바타가 되어 소설 속에서 작가로 등장한다. 손영미의 분신이 소설가로 등장하여 서사를 이끌어가는 메타인지적 글쓰기를 보여준다.

이 소설의 절정은 '이진호'의 등장이다. 진호는 명희의 정신적인 유품을 묵묵히 지키며 문선공의 아들이라는 자존감을 잃지 않았다. 취약한 현실에 굴하지도 않았다. 더욱이 머물거나 후퇴하지 않고 앞으로 나아갔다. 삶을 스스로 추동하며 「런닝맨」으로 살아온 것이다.

소설은 장면 번호 1에서 8과, S#. 1에서 S#. 8이 교직되어 있다. 1인칭과 3인칭 시점의 복합적 구성은 서사적 입체감을 부여한다. 장면 전환에 따라 과거와 현재를 넘나들며 다이나믹하게 전개된다. 멀기만 했던 두 지점은 소설이 전개되면서 서로를 향해 서서히 다가가고 있다.

폐사지 터에 복원한 흥덕사 옆 도서관은 공간의 상징성을 잘 드러낸다. 『again 수동』 출판기념회에서 성화를 채화하듯, 오목 거울에 모인 빛이 하나의 소실점에서 최초의 불씨를 피워내듯 소설은 대단원을 맞는다. 에필로그에서는 소멸을 말하지 않는다. 빛의 울림은 사라지지 않는다고 단언한다. '빛의 울림', 그 '빛결'은 시간을 견디며 줄기차게 달린다. 어둠을 비추는 힘줄이 된다. 그 깊은 울림은 활자의 힘으로 이어진다.

3. 경계를 지우는 '빛결'을 찾아

 니체는 『비극의 탄생』을 통해 근대성의 위기를 극복하고 고통으로 점철된 인간의 삶을 구원할 수 있는 것은 오직 예술뿐이라고 했다. 물질만능주의로 인간성 상실의 위기를 맞은 인간의 문화를 재건하고자 예술의 중요성을 설파했다고 할 수 있다. 자기 구원의 창조 행위가 예술이며, 예술적 현상으로 이해되는 미적 현상만이 삶을 정당화할 수 있다. 소설과 신화, 혹은 종교가 보여주는 예술적 지향은 다르지 않다. 인간 구원의 문제이며 정신적 승화의 차원이다.

 손영미는 세 편의 작품을 통해 현실의 무대에서 밀려나 표류하는 삶의 모습뿐만 아니라 사라진 듯 보이지만 결코 소멸하지 않는 빛의 무늬를, '빛결'의 울림을 보여준다.

 '길을 잃은 순간부터 진정한 여행은 시작된다.'라는 말도 있다. 인생은 결코 미리 세팅된 길이 아니다. 다른 사람의 길을 따라간다고 느낄 수도 있으나 누구도 똑같은 삶을 살 수는 없다. 소설가의 삶이 짐이 될 수도 집이 될 수도 있다. 빚이 될 수도 빛이 될 수도 있다. 손영미는 그 길을 묵묵히 걸어가는 빛이 되고자 한다. 경계를 넘는 그의 글쓰기가 새로운 물결이 되어 독자의 가슴을 징하게 울릴 것이다. 이미 그 징조가 시작되었다.

이오우 (본명 이동순) : 시인, 문학평론가, 문학박사, 《시와 창작》 신인상 등단(2005), 시집 『어둠을 켜다』 『바람의 경지』 등. maljanchi@hanmail.net

작가의 말

 첫 번째 소설집의 여운이 채 가시기도 전에 두 번째 소설집을 선보입니다. 너무 성급하지 않은가 염려하면서도 연년생의 출산을 앞둔 산모처럼 설렘과 기대가 엇갈립니다. 소설 속 인물들이 빨리 세상의 빛을 보고 싶다고 보채는 듯했습니다. 2021년 직지소설문학상을 수상한 「빛의 소멸」을 더는 어둠 속에 놓아두고 싶지 않기도 했습니다.

 한국문화예술위원회에서 코로나19 〈예술로 기록〉에 선정된 「코로나 시대의 기적」 역시 팬데믹의 충격이 가시기 전에 발표하고 싶은 바람이 있었습니다. 마스크를 사려고 약국 앞에 길게 줄을 늘어섰던 상황이 어디 먼 나라 이야기이거나, 벌써 오래된 과거로 여겨지기 때문입니다. 「코로나 시대의 기적」은 도서관법에 따라, 국립중앙도서관에 의해 '보존가치가 높은 온라인 자료로 선정' 되어 국가자료로 등록 및 영구보존 될 것입니다. 이 소설을 먼 미래에 어떤 의미로 기억하게 될지 몹시 궁금합니다.

삶은 기억으로 촘촘하게 직조됩니다. 기록하지 않은 기억은 사라지기도 하고 굴절된 기억은 오래도록 남아 상처가 되기도 합니다. 저에게 소설이란 때론 아름답고, 때론 고단하고 남루했던 지난 시간의 흔적을 돌아보는 일입니다. 흔적을 가만히 들여다보면 유년의 마루가 어룽거립니다. 한 그루의 나무가 결 고운 마룻바닥이 되도록 얼마나 많은 뜨거운 태양과 비바람을 견디었을지, 나이테에 담긴 세월과 자연의 순환을 되짚어 봅니다. 기억으로 남은 상처와 결핍의 시간, 그「순수의 기억」을 찾으려 희망도 절망도 없이 표류하며 떠돌던 저를 구원해 준 것이 소설입니다.

 어린나무에 꽃이 피고 열매가 맺도록 곁에서 지켜봐 주신 분들께 감사드립니다. 이분들의 힘으로 두 번째 소설집 『빛의 소멸』이 돛을 달고 항해를 시작합니다. 이오우 평론가님이 해설에서 언급했듯이 엄혹한 팬데믹의 와중에 집을 두

채씩이나 지었습니다. 이 집이 짐이 되지 않기를, 빛이 되기를 소망합니다.

『누가 환유를』을 사랑해 주신 분들께 감사드리며 『빛의 소멸』도 홋줄을 끊고 세상으로 나가 멀리, 수평선 저 너머까지 순항할 수 있기를 바랍니다. 앞으로도 소설 쓰기에 대하여 어디로, 왜, 라는 질문을 스스로 끊임없이 던지려 합니다. 간혹 표류는 할지언정 소설의 세계로부터 실종되지 않고, 언제나 쓰는 사람으로 살아갈 수 있도록 노력할 것입니다.

2022년 11월, 손영미

■ 수록 작품 발표 지면

「빛의 소멸」 직지소설문학상 최우수상 수상작
      한국소설 2022년 1월호 (270호)
「코로나 시대의 기적」 창작세계 2022년 상반기 (15호)
「순수의 기억」 작가마루 2022년 하반기 (36호)

■ 인용

「빛의 소멸」 근현대인쇄전시관 자료집, 충청일보 약사
「순수의 기억」 가곡 〈그네〉 금수현 작곡, 김말봉 작사

빛의 파동으로 인한 파장,
진동이나 울림은
마음에 오래도록 남아
사라지지 않는다.

빛의 소멸

1판 1쇄 인쇄 2022년 11월 15일
1판 1쇄 발행 2022년 11월 25일

지은이 · 손영미
펴낸이 · 유정숙
펴낸곳 · 도서출판 등
기획 · 유인숙
관리 · 류권호
디자인 · 김현숙
편집 · 김은미, 최소현

ⓒ 손영미 2022

주 소 · 서울시 노원구 덕릉로 127길 10-18
전 화 · 02.3391.7733
홈페이지 · dngbooks.co.kr/밝은.com
이메일 · socs25@hanmail.net

- 본 도서는 충청남도, 충남문화재단의 후원으로 발간되었습니다.
- 이 책의 전부 또는 일부를 이용하려면 저자와 도서출판 〈등〉에 동의를 받아야 합니다.
- 이 책에 쓰인 그림은 정해진 절차에 따라 저작권자의 동의를 받아 사용하였습니다.
- 잘못된 책은 구입한 곳에서 바뀌드립니다.